Беслан Кмузов

Сны Олимпа

Беслан Кмузов

Сны Олимпа

Разум убивает чудовищ, порожденных во сне

YAM Young Authors' Masterpieces Publishing

Impressum / **Выходные данные**

Bibliografische Information der Deutschen Nationalbibliothek: Die Deutsche Nationalbibliothek verzeichnet diese Publikation in der Deutschen Nationalbibliografie; detaillierte bibliografische Daten sind im Internet über http://dnb.d-nb.de abrufbar.
Alle in diesem Buch genannten Marken und Produktnamen unterliegen warenzeichen-, marken- oder patentrechtlichem Schutz bzw. sind Warenzeichen oder eingetragene Warenzeichen der jeweiligen Inhaber. Die Wiedergabe von Marken, Produktnamen, Gebrauchsnamen, Handelsnamen, Warenbezeichnungen u.s.w. in diesem Werk berechtigt auch ohne besondere Kennzeichnung nicht zu der Annahme, dass solche Namen im Sinne der Warenzeichen- und Markenschutzgesetzgebung als frei zu betrachten wären und daher von jedermann benutzt werden dürften.

Библиографическая информация, изданная Немецкой Национальной Библиотекой. Немецкая Национальная Библиотека включает данную публикацию в Немецкий Книжный Каталог; с подробными библиографическими данными можно ознакомиться в Интернете по адресу http://dnb.d-nb.de.
Любые названия марок и брендов, упомянутые в этой книге, принадлежат торговой марке, бренду или запатентованы и являются брендами соответствующих правообладателей. Использование названий брендов, названий товаров, торговых марок, описаний товаров, общих имён, и т.д. даже без точного упоминания в этой работе не является основанием того, что данные названия можно считать незарегистрированными под каким-либо брендом и не защищены законом о брендах и их можно использовать всем без ограничений.

Coverbild / Изображение на обложке предоставлено: www.ingimage.com

Verlag / Издатель:
YAM Young Authors' Masterpieces Publishing
ist ein Imprint der / является торговой маркой
OmniScriptum GmbH & Co. KG
Heinrich-Böcking-Str. 6-8, 66121 Saarbrücken, Deutschland / Германия
Email / электронная почта: info@yam-publishing.ru

Herstellung: siehe letzte Seite /
Напечатано: см. последнюю страницу
ISBN: 978-3-659-56838-1

Copyright / АВТОРСКОЕ ПРАВО © 2014 OmniScriptum GmbH & Co. KG
Alle Rechte vorbehalten. / Все права защищены. Saarbrücken 2014

Глава 1. Выстрел

Рассвет вспыхнул розовым огнем на стеклянных витринах и сыром асфальте Проспекта Тирана. Робкая апрельская листва не успела посинеть от свинца и прочей гадости, летящей из выхлопных труб автомобилей, которых она увидела не больше сотни за предыдущие полчаса. Она еще торопливо отдыхала под весенним утром, судорожно ожидая полуденного смога. В это время почти все автомобили направлялись на восток, в сторону Рыночной площади. На перекрестке Проспекта и улицы Величия светофор зажегся красным светом, и три шеренги сонных бамперов заурчали в ожидании, когда же трехглазый мутант скомандует "Поехали!"

Еще оставалось полминуты, когда напротив нетерпеливых автомобилей, по ту сторону улицы Величия, появился кто-то в белой рубашке с тростью в руках. Не ахти, какое пижонство - бродяга, возомнивший себя денди. Парень стоял посреди улицы, словно бросая вызов ревущим моторам. Не медля ни секунды, сильные загоревшие руки схватили трость посередине и растянули ее, увеличив вдвое. Уперев один конец к ноге, парень согнул трость в дугу и натянул на нее тетиву. Подняв лук, он завел правую руку за спину и вытянул тонкую стрелу. Стремительным движением он приладил ее к луку и натянул тетиву.

Водители 23 века никогда не видели ни лучников, ни луков. А вот пешеходы, нарушающие правила дорожного движения уже давно подпадали под статью 58 УК, автоматически переводящую их вне закона. И добропорядочный гражданин не только имел право, но и должен был сбить провинившегося в целях профилактики правонарушений. Поэтому в тех, кто сидел за рулем, проснулись в душе два чувства: радость и гнев. Радость говорила: "Сейчас я собью тебя, ты отлетишь на 10 метров, а потом я разотру твои кишки по асфальту».

А гнев доводил чуть ли не до безумия, когда кричал лучнику: "Как смеешь ты не бояться?"

Зажегся зеленый свет, взревели моторы, заскрипели колеса по резиновому асфальту и автомобили ринулись вперед. Кто первый? Кому достанется сегодняшний трофей - молодая, загоревшая и упругая кожа, лопнувшая от удара о хромированный бампер, и внутренности, намотанные ошметками на колеса?

С первых метров лидерство захватил оранжевый леопард. Чтобы сбить ненавистного мальчишку, ему оставалось всего 3 секунды и 80 метров. Уже 70... 50... и вдруг в сознании водителя вспыхнула мысль: в кого он выстрелит? 15 метров, выстрел, визг тормозов, недолгий полет стрелы,, треск разбитого стекла. Стрела оказалась там же, где была 2 секунды назад, но ее доставил туда уже в своих ребрах водитель оранжевого "леопарда". Через 10 секунд вокруг него собралась топа. Кто-то бежал звонить в службу неотложных медицинских работ. Еще кто-то попытался достать стрелу из ребер. Но стрела исчезла. Вот, еще она была тут, виднелась в боковом стекле, но стоило открыть дверь, и она уже стала невидимой.

Открывший дверь провел ладонью по груди убитого. Но, почувствовав прикосновение, последний открыл глаза и улыбнулся подошедшему:

"Благодарю вас, все в порядке".

Глава 2. Суд

Его нельзя было арестовывать сейчас же. Человек имеет свои права, и пока не доказано, что ты поддался пагубному влиянию и не проявил обще оскорбительного и общественно опасного чувства любви, которое запрещено 58-й статьей первой Уголовного Кодекса и особым декретом Тирана, а так же основным постановлением Парламента, то никто не имеет права предъявить обвинение в нарушении основного правила Империи.

Поэтому ордер выписали лишь через месяц. Суд был скорым и правым.

Ты признаешь свою вину? Спросила верховный судья, не снимая свои темно-розовые очки.

- Да, признаю.

- Виновен!

Председатель Верховного суда вела только самые ответственные, общественно-значимые дела, в которых следовало расставить все точки над i и продемонстрировать населению, что закон всегда блюдет интересы государства и хранит вековые обычаи и устои общества.

Все остальные процессы вели менее значимые судьи. "Зачем обращаться к самой талантливой, если и остальные судьи вынесут справедливое и полезное решение?" говорил Гарант Мира. На людях ему поддакивали все молодые судьи. Но за глаза они называли Справедливейшую уличной девкой, для которой не имеет значения внешность и атрибуты. Первый же встречный был подходящей кандидатурой для адюльтера. Каждый в суде знал, что ее надо менять. Но на каждого, кто об этом говорил, доносил каждый, кто это слышал. Каждый на кого доносили, погибал в ссылке.

Молодые судьи менялись со страшной скоростью. Так что выживали только самые терпеливые. Верховный суд представлял собой небольшой орган. Помимо самой справедливой, в него входили трое стариков, один из которых плохо слышал, второй плохо видел, а третий был на столько косноязычным, что его можно было считать немым. Все три превосходно судили. Ни одна из сторон . попавшая в колесо судебной системы не могла пожаловаться на то, что после суда этой тройки, противоположная сторона не осталась бы в проигрыше, предварительно будучи обжуленной.

Традиции стучать и вести дело старики с охотой передавали восприимчивой молодежи.

И вот наверху этой системы главенствовала председатель Фемида. Черную повязку Тиран позволил ей снять, меч был перекован на орало, из всех атрибутов остались лишь весы.

Лишенная повязки, председатель верховного суда вынесла приговор: Виновен.

Бывший владелец леопарда был приговорен к заключению в колонии строго режима сроком на 10 лет без права переписки.

Вина его была очевидна: бывший владелец оранжевого леопарда Мсье Лагранж всю жизнь был добропорядочным гражданином. Он никогда не давал взаймы менее чем под 30% , никогда не позволял отсрочить выплату займа, он покупал лучшую одежду, лучшую мебель. Своих родителей он поселил в простой и самый дешевый дом престарелых - не хотел выделяться, ну просто лапочка! Женился он без глупых сантиментов: как подсказывали родители и кошелек. Лишь один недостаток, впрочем, столь частый и прощаемый обществом - излишняя жестокость.

Но право же, нарушителей правил перехода теперь давят все. Кому не лень. А Лагранж - всего лишь более удачлив, чем большинство водителей. Сотую жертву они всей компанией отмечали в кабачке "Три змеи". А тот паренек, который без спроса вошел в его огород за яблоками? Ну никто не виноват, что бультерьера в этой семье не привязывают. Та девчушка, которая повисла на электропроводе - неудача и беда: все детишки в округе хотят умыкнуть прелестные алые розы, которые выращивала еще мать Лагранжа. Вот и эта 12-леняя воровка поплатилась за свою намеренность. И не было там никакого выстрела из электрошокера!

Кратко говоря - один из типичных представителей среднего класса, соль земли и столп общества!

И вдруг - на тебе раз! Человека как подменили. Подал милостыню прохожему бродяге, начал объезжать пешеходов (даже перед бегущей собакой тормозит!) Неясно поему перестал посещать соревнования по Панкратиону. Одному из сослуживцев дал взаймы солидную сумму без процентов, другому позволил перенести срок платежей.

Какая сила может заставить человека пойти на такую низость, чтобы назвать жену малышкой, чижиком, клопом? Врожденная склонность к зоофилии? Но для этого уже давно открыто специализированное ночное заведение в Булонском лесу. Так зачем оскорблять свою жену – в принципе, постороннего человека?

На следствии Лагранж вел себя тоже более чем странно: узнав, что сведения о нем предоставлены теми самыми людьми, которым он давал милостыню, кого подвозил на машине и кого суживал деньгами, он не впал в отчаяние, не обвинял их во лжи, а просто улыбался. На вопрос адвоката во время следствия, повторил бы он те же проступки, Лагранж ответил: "Да, и по отношению к тем же самым людям".

Прокурор был великолепен:

"Госпожа Судья! Этот субъект не только нарушил законы, но более того - его поведение может спровоцировать нашу молодежь на подражание. Я задаю себе вопрос: почему этот человек не желает мстить своим обидчикам? Почему он не цепляется за спасительные вопросы? Почему сам не извивается, не борется за жизнь? Это и есть влияние любви? Молодежь начнет заблуждаться в том, что это неприличное, антиобщественное чувство любви более приятно и более ценно, чем сама жизнь. Что дальше? А дальше - подрыв устоев общества! Ослабление жизненных сил одного человека ведет к ослаблению сил всего социума! Но я прошу у вас о снисхождении не ради самого обвиняемого, а ради всего общества. Поэтому вместо ликвидации я прошу у вас 10 лет без права переписи. За это время подсудимый сможет исправиться и отказаться от своих пагубных воззрений. Это станет примером для остальных. Все поймут, что любовь - н стоит жизни. Даже тяжелая лагерная жизнь все же лучше чем это наваждение!"

Не согласиться с прокурором было трудно. Тем более, что 10 лет без права переписи еще никто не выдерживал.

Глава 3. У сестры

Увернуться от мчащегося на тебя автомобиля не так уж трудно. Если знаешь заранее весь распорядок действии, то все дальнейшее - дело крепости нервов. После этого бежать по утреннему городу - одно наслаждение. А преследование конной полиции - только повод пощекотать себе нервы лишней порцией адреналина.

Хотя, ментавры на этот раз не очень-то и спешили за ним. Уже не раз они почти настигали его, но сорванец постоянно испарялся из-под самого носа. Со временем он научился перемещаться исключительно по земле, не используя больше способностей, чем обладали другие люди. И все же, он не оставлял правоохранительным органам никакого шанса.

К сестре они никогда не стучал. Входил без спроса. Она никогда не отчитывала его за эти утренние, визиты, которые ей были совсем не по душе. Но он сам чувствовал, что в воздухе зависала какая-то напряженность.

–Ну, извини, я сам знал, что не стоило этого делать. Но на этот раз я, по-моему, поступил правильно.

Паллада ничего не ответила. Во-первых, она уже однажды говорила, что из-за этого озорства гибнут люди, а во-вторых, под удар могла попасть и она сама, предоставляя свое жилье.

Она поставила перед Эротом молоко, фрукты и непрожаренного цыпленка.

- А нектар?

- Хватит, у тебя и так головка кружится.

- Несправедливо!

- А втягивать посторонних в свои игры справедливо?

- Это не только моя игра... Вообще в этой игре я всего лишь функция.

- Незавидная же ты функция - всего лишь репродуктивная.

- Это оскорбление?

- Еще хуже - это констатация. Откуда ты сегодня пришел?

Эрот растянулся на диване животом вниз.

- С охоты.

- А где ты был до охоты?

- Нескромный вопрос, который я оставляю без комментариев.

-Ну, так я прокомментирую. Ты опять провел целую ночь в компании нимфеток, которым вскружил головки стихами французских декадентов и дал послушать Элвиса. And they loved you tender.

- Ну,... А что тут плохого? Девчонкам давно пора понять, что тут к чему в этой нелегкой жизни. ... Кстати, ты знаешь, что если женщина не испытывает чувства любви, то она не испытывает и оргазма.

- Знаю.

- Откуда? - оторопел Эрот.

"Блин, она же никогда и ни с кем...Черт, богиня мудрости, но до какой степени то мудрость?"

- Ты сам себя ударишь, чтобы я не вставала?

Эрот послушно и добросовестно отвесил себе звучный шлепок по физии.

- А удовлетворить любопытство то можно?

- "Нескромный вопрос, который я оставляю без комментариев"....

Через месяц он появился в доме снова.

- Десять лет без права переписки, - вместо приветствия сказала Паллада.

- Большое дело... Вернется совсем другим человеком. К тому времени и мир может изменится.

- Ты не совсем понял? Без права переписки с высылкой на каторжные работы в Золандию.

Он посмотрел на сестру с чем-то похожим на улыбку.

- Он был впереди всех. Он был полон ненависти. Он убивал не только других людей. Он потихоньку убивал и себя самого. Но я дал ему прожить счастливо один месяц. 10 лет он будет жить. С трудом, со страданиями, но жить. Его конец будет смертью мученика. Последний вздох будет легким, как опьянение от белого вина. Аид удивится, до чего безмятежная душа поселится в его царстве.

Когда речь заходила об иррациональном, Афина пасовала. Она любила трагедии, но не всегда понимала их. Зачем идти навстречу смерти, если всегда есть возможность избежать ее и одержать победу? Недаром в этом процессе над сыном Агамемнона она до последнего использовала свой авторитет и в итоге все-таки спасла Ореста.

Верный путь всегда ведет к победе.

- Но он потерял жизнь, – возразила она.

- Есть в мире и любовь, которая стоит гораздо дороже жизни.

- Пореже говори об этом со мной. Эту сторону не всегда выгодно учитывать в сражении.

- А всегда ли нужны сражения?

- Не всегда.

- Может быть, никогда?

- Нет, иногда они все-таки нужны. Хотя бы ради того, чтобы погасить печи, в которых сжигают живых людей.

Эрос сел по-турецки на диване и бросил на пол свой лук. Указывая на него, он произнес:

- Этой истиной я бы мог остановить все сражения.

Паллада посмотрела на него с любопытством, словно шахматист, увидевший партию с неожиданной точки зрения. Потом она подошла к луку, подняла его и присмотрелась к оружию повнимательнее.

- Знаешь, - произнесла она, не отрывая взгляд от лука, - я думаю, ни один из олимпийцев, даже я и Арес не доставили столько вреда, сколько ты.

Эрос вскочил. До сих пор он не знал, в чем его вина. Его мучило возмущение - за что? Неужели она может быть несправедлива? Да она несправедлива! И его мучило отчаяние: он понимал, ЧТО ПАЛЛАДА, все-таки справедлива. До него вдруг что-то дошло, но он никак не мог понять, что же именно. Он ждал ответа от нее.

Афина посмотрела на него.

- Тебе дано оружие, которое не имеет себе равных. Это даже не оружие, это смысл всей жизни. Об этом говорил Назарянин. Люди забыли об этом. Ты помнишь, тогда снова на сцене появились мы. Тебе повезло больше остальных. Ты кажешься самым незначительным из олимпийцев, о тебе осталось мало преданий, тебя не прельстили честь и слава богов-министров, на что купились мы все. Ты свободен. Тебе можно и нужно серьезно работать и бороться, а вместо этого ты всего лишь забавляешься.. Днем - с луком, а ночью - со своим фаллосом. И чем ты отличаешься от сатира? У того, по крайней мере, преимущество в размере!

Слова ложились как пощечины. Но не было сил и слов, чтобы отвечать на них. Эрот сел на место и опустил голову. Потом поднял глаза:

- Что нужно делать?

- Взращивать в людях любовь. Не сексуальное влечение, а то самое чувство, которое заставляет вращаться планеты вокруг солнца, то что притягивает друг к другу протоны, то без чего невозможно существование материального мира.

- Хорошо, я пойду и перестреляю всех!

- И до чего же ты обесценишь то, чем владеешь? Вот так, ни за что ни по что человек получает в дар самое ценное?

- Не говори мне, что любовь следует заслужить - все имеют на это право!

- Незаслуженное - в тягость. Человек должен пройти через восторг, разочарование, печаль, зависть, гнев грусть и тоску, от которой хочется лезть в петлю. Храни от него любовь, пока он не сможет ее оценить.

- Я не торгаш на рынке, чтобы нахваливать товар! И любовь - не посуда для обеда.

- Вот именно. Разбив однажды фарфор, можно купить новый. От любви можно и отказаться и вернуться к ней. Но сколько человек так и не вернулись к ней, попробовав только один раз. Незакаленное сердце, неопытный ум не могут вынести этой потери. Лучше что угодно, чем страх снова потерять самое сладкое. Умей правильно использовать то, за что ты в ответе.

Эрос нахмурился.

- Ты права. И зря я стрелял в того парня.

- Да, я права, но и ты стрелял не напрасно. Ты же сам сказал, что он пройдет через муки. И больше того: он вспомнит свои ошибки и будет реальнее оценивать то, чем обладает ныне.

Эрот поднял на нее глаза полные надежды.

- Не дадим ему умереть?

Афина покачала головой.

- Не все так просто, как тебе кажется. Оказав помощь одному. Мы можем подставить по удар многих. Да, смерть одного человека - это трагедия. Но почему за твои ошибки или подвиги должны расплачиваться другие существа?

Глава 4. Другие родственники

Переходить к активным действиям ради одного человека никто и не собирался даже больше – никто из задествованных лиц пальцем не пошевелил бы и для всего человечества. Речь шла о личных интересах. Но, несмотря на шкурные интересы, олимпийцы едва-едва решились на ведение двойной игры.

Они раскололись на два лагеря. Одни отреагировали охотно, а другие...Меркурий сам донес Тирану о том, что в городе появился Эрот. За домами всех остальных олимпийцев установили дополнительное наблюдение.

Аиду было глубоко наплевать: ему поставлялись души умерших, которые проходили обработку у Князя тьмы. Что ж, царская должность, плюс еще официальная работа Министром по недрам Империи - поклонение и на земле и под нею.

Гефест... разговор с ним не заклеился.

- Мне хватит и одной сломанной ноги, - ответил он на предложение Эрота.

- Но разве тебя не уязвляет то, что ты, будучи богом, должен служить и Хроносу и Премьер-министру?

Гефест подумал.

- Скажи-ка мне, а Зевс с кем? С вами или с ними?

- Извини, не могу.

Гефест мрачно усмехнулся.

- Так я тебе скажу: Зевс никогда не потерпит никого над сбой. А уж тем более - Хроноса. Так что он - с вами. Можешь быть уверен: я никому ничего не скажу. Доносчику - первый кнут...Да к тому же - вы все можете стремиться стать первым. А я ... Я всегда найду, чем заняться, - хромой бог надел каску и двинулся вниз, в плавильный цех, где испытывали какой-то новый способ плавки.

Проще всех оказалось договориться Нептуном. Он поссорился с Аресом из-за того, кому будут подчинены Морские военные силы.

- Да, конечно. Арес - бог войны. Но черт бы его побрал, если это тупое существо понимает, как нужно вести войну на море. У него же не хватит мозгов, чтобы управлять хотя бы лодкой, уж не говоря об эскадре.

За окном кабинета Посейдона был виден порт. Многочисленные причалы, камели с танкерами и рыболовецкими судами, доки и склады, в которых поместились бы аэропорты средних размеров могли порадовать взгляд любого маримана. Но у бога морей все это вызывало только раздражение. Его честолюбие оскорблялось от роли простого функционера. Ему нужно было управлять боевыми кораблями, по своему заселять подводный мир разными тварями. А посылать суда на косяки тунца и следить за своевременной поставкой нефтепродуктов - нет, это всего лишь рутина.

Геркулес, исполнявший обязанности Минитстра Внутренних дел, уже давно поддерживал связи с Афиной. Он и соглашался оставаться главой полиции только потому, что рассчитывал как можно больше подточить систему управления. Но при надзоре самого Сатаны слишком разгуляться он не мог. Так что должность тяготила его.

–Я вижу, что вся планет больна, – прямо заявил Асклепий. – Но лекарства пока не вижу. Единственный принцип, которого я могу придерживаться, – не навреди. Так что на вашей стороне я не выступлю, но и зла вам творить не буду.

Артемида согласилась только потому, что в размеренной жизни появлялся азарт. Охота, война, заговоры - как же все это похоже. Натянутые нервы. Действия по наитию...

Услышав от Эрота, что от нее требовалось, Артемида отвернулась к стеклу. В ее голове крутились картины тех ритуалов, которые она могла возобновить. Десятки сотни обнаженных тел, сплетающихся вместе под светом факелов в пещере...и в какой пещере! Можно использовать украшенные сталактитами залы Кавказа или Крыма... А человеческие жертвоприношении во время оргий... О, да, заклание можно проводить на широких фаловидных сталагмитах, и потом, упившись кровью, вымазав в ней обнаженное тело....Едва подавив дрожь, рождавшуюся под диафрагмой, она коротко ответила:

- это возбуждает.

Глава 5. Перекройка

Уже столетие, как Европа, Передняя и средняя Азия, Африка лежали у ног Древнего Тирана. Северная Америка была лишена своего могущества - половина населения оказалась уничтожена во время Великого переворота. Бывшие соединенные Штаты оказались разделены на два государства: Канада, Аляска,........ оказались под Властью Империи. Все штаты от Мексики до Флориды стали частью Китайской Народной Республики. Война между севером и югом то ослаблялась, то возобновлялась с новой силой. Собственно, Китайцы после того, как отвоевали жизненное пространство в Северной Америке и отобрали пол-Азии вплоть до Урала, не нуждались в новых территориях, поэтому большей частью развивали свою экономику под лозунгами Мао Цзэдуна. Необходимость вести борьбу на границах сохраняла китайцев от идеи разделиться на Азиатскую и Американскую империи.

То, что осталось в руках мировой Империи представляло собой полностью утилитарное государства. На государственном уровне была закреплена Расовая сегрегация, Куклускан не был легализован, однако правительство не обращало внимание ни на линчевание, ни на ответные преступления черных пантер. Разделяй и властвуй. Все руководство предприятиями и местными администрациями принадлежало белым; черным и индейцам досталась роль чернорабочих.

Южная Америка представляла собой почти бесконтрольную территорию: здесь остались сталелитейные заводы и нефтедобывающие концессии, охрана которых не подпускала никого из "дикарей" к предприятиям с дорогим оборудованием.

По всему континенту распространились кровавые культы Сатаны. Только изредка можно было наткнуться на поселения, в которых люди исповедовали религии Писания - Иудаизм, Христианство, Ислам. Но жизнь этих общин постоянно находилась под угрозой племен сатанистов или поклонников древних индейских культов. Первые целенаправленно истребляли последнее остатки людей Писания, а вторые просто мстили древним колонизаторам, истребившим их предков. Так что они не делали различия между теми, кто поклонялся Христу или Магомеду и теми, кто поклонялся сатане. Только цвет кожи был для них признаком своего или чужого.

На территории Венесуэллы основался Зевс. Здесь он пытался организовать новое государство, но это у него не очень-то получилось: постоянные междоусобные войны и поклонение населения разным богам, а так же метание от идей социализма к рассовой ненависти и от феодализма до христианскому всепрощению сводили на нет любые попытки построить что-то основательное. Так что Зевсу пришлось довольствоваться ролью предводителя одной из вооруженных группировок, борющихся за власть. Вся его божественная энергия уходила на то, чтобы избегать заговоров, постоянных отравлений и лечит постоянно подхватываемые венерические заболевания. Да и чуткая рука центральной власти не давала особо разгуляться громовержцу.

В Старом Свете все было по-другому. Центром империи был объявлен бывший Париж, который переименовали в Магнус. Все религии оказались под запретом, а с течением времени и вовсе преданы забвению. Уже четвертое поколение вырастало без малейшего представления ни об истории, ни о литературе.

Единственной религией стала древнегреческая. Но и она оказалась чересчур сокращена. Нигде в Официальных источниках нее упоминалась ни об Афродите, ни об Эросе. Только культы и поклонение божествам, занявших посты отраслевых министров. Основным праздником Империи стали сатурналии.

Но все же   Премьер-министр Империи не позволил древним олимпийцам слишком разгуляться: посещение храмов не входило в привычку большинства населения. Вся жизнь была подчинена карьере и поиску секс-партнеров. Любовь оказалась под запретом. Это чувство признали упадническим и общественно опасным. Любовная лирика оказалась уничтоженной. Только изредка можно было найти древние артефакты, которые объявлялись незаконной литературой. Хранение подобно литературой каралось смертной казнью. Даже в ссылке хранители любовной поэзии могли поделиться с другими заключенными своими знаниями, так что....так что их следовало просто ликвидировать.

Глава 6. Трапеза

Всемирная Империя процветала и даже отвоевывала пространства у Китая. Жизнь населения вошла в то русло, которое устраивало того, кто, собственно, и провел такое масштабное мероприятие. Впрочем, зачинщик Великого Преображения не любил светиться. Он занимал должность второго человека Империи, который сейчас сидел в зале Тирана, наблюдая, как Глава большей половины мира завтракал козлятиной в молоке.

По старой привычке Сатурн вместо светильников поставил факелы в гранитном зале своего дворца. Они разгоняли тьму только в середине помещения, вокруг огромного мраморного стола, за которым трапезничал древний небожитель.

Напротив него, в кожаном кресле - да, из человеческой кожи времен второй мировой войны - вполне мирно вытянулось длинное и гибкое тело премьер-министра. С едкой иронией премьер смотрел на своего Тирана. Подождав пока Сатурн войдет в раж, и еда не столько будет удовлетворять голод, а начнет доставлять уже чувственное удовольствие, Премьер-министр промолвил:

- Наверное, я тебя все-таки порадую... Твой внук появился в Столице.

Тиран не отрывался от еды:

- Который? Их у меня достаточно много...

- Да так, самый малый... Сын твоего любимого сына.

- Ты же, вроде бы, объявил охоту за ним?

- В том-то и дело, что не я, а ты. Твоя подпись стоит под распоряжением об аресте.

Хронос только махнул рукой, не переставая сдирать зубами мясо с козлиной кости.

- Это твои проблемы.

- Ну, пока что не мои. Но в дальнейшем они вполне могут стать и моими и даже твоими.

- Никак тебя не пойму, что нам может сделать простой мальчишка.

Премьер-министр усмехнулся.

- Я все больше и больше начинаю жалеть, что выбрал для роли тирана именно тебя. Сидел бы ты в своем подземелье и жрал человечину, а здесь верховодил бы кто-нибудь другой.

- Кто? - тиран отпил вино и откинулся на своем мощном дубовом стуле с длинной спинкой. - Этот шизофреник Амон, который никак не может выбрать - человеческая у него голова или соколиная? Вот бы тебе пришлось туго с его тягой к пирамидам и манией величия. Или Перун? Вот это было бы здорово: сидел бы себе в славянской избе, хлебал бы с Ярилой и Даждем щи общим лаптем из одного котла, а вокруг вас ходили бы куры, которые с охотой гадили бы в этот самый котел. Я уж не говорю о свиньях и телятах в дальнем углу комнаты...Может быть Один? Одноглазый варвар... Кстати. Они все равно все отказались.

- Вот-вот, Отказался даже Один, отдавший глаза мудрость. А ты согласился.

- Ты на что намекаешь?

- Я не намекаю, я говорю, что ты согласился, а Один, у которого нет глаза, но есть мудрость., отказался.

- То есть, ты не намекаешь?

- Ну-у...сколько можно повторять? Но специально для тебя - повторю. Ты согласился, а мудрый Один - нет. Кстати, для тебя я готов повторять сколько угодно, а вот Одину мне повторять бы не пришлось.

Сатурн вспылил. Он вскочил из-за стола. Премьер-министр тоже встал. Тиран был разъярен. Премьер - напротив, чуть улыбался и стоял ровно, опустив руки по бокам.

- Значит, ты не повторишь для Одина то, что повторяешь для меня, потому что я тупой?!

- Не я, ты себя так назвал.

Диктатор с быстротой молнии выбросил вперед руку, чтобы придушить ненавистного оппонента. Ног у того в глазах пробежали дьявольские искры. Нет, не то чтобы глаза стали более ехидными, просто в них действительно появились электрические разряды. А почему дьявольские? Ну а какие еще искры могли быть в глазах у этого премьер-министра?

Хронос опустил руку. Он хорошо помнил, то когда в первый раз попытался схватить этого лукавого за шею, то его собственная рука отнялась, а по всему телу разрывались заряды боли. Язык его вывалился вперед, с него шла пена, и остановившееся на миг сердце, когда вновь застучало, чуть не вывалилось наружу. Испытывать подобного воздействия вновь диктатор совсем не хотел.

Он в отчаянии опустил руку.

- Если уж ты выбрал меня. - устало проворчал он. - и если я согласился, то мог бы по крайней мере ценить мою отвагу.

Его собеседник рассмеялся.

- Ценить тебя, а за что? Ты согласился лишь потому, что у тебя появлялась такая власть, какой не было ни у тебя самого ни у твоего сына Зевса. И отдуваться в случае неудачи придется не тебе, а мне! Самое большее, что тебе грозит, это уничтожение. А вот я так легко не отделаюсь. Мне вновь придется собирать всего себя, напрягать силы и то, что когда-то было душой. И новое сражение. Которое окажется еще более трудным, чем нынешнее.

- Что же, мы обречены на неудачу?

- Нет, не обречены. Если бы все было предопределенно, меня бы уже давно уничтожил Он. И люди жили бы так, как Он считает нужным. Они не боролись бы друг с другом, борьба осталась бы лишь в спорте.

- А что за борьба идет сейчас?

Премьер министр горько усмехнулся.

- Он пытается доказать, что люди - это лучшее, что он создал. Он их считает своим подобием. Верит, что они смогут достичь его уровня. И что я, наконец, поклонюсь им. Но этому не бывать! Я обладаю большей силой, большей работоспособностью, большей волей. Ничтожные обезьяны! Как они могут противостоять мне - чистому духу! Могучему духу! Да, меня создал Он. Но я усовершенствовался настолько, что смогу перехитрить и его. У него - только сила. Грубая сила и недостаток воли. Он мог бы уничтожить меня. Но его малодушие, которое все почему то называют всемилостью, не позволяет этого сделать. А я подавляю каждое свое создание. Дабы не было мне равных, и дабы не было искушение списывать на кого бы то ни было свои просчеты и ошибки.... Пусть я и не творец, но я сделаю его творения счастливыми и совершенными! К чему им отец, который даже не может сделать их счастливыми! Его место в их сердцах займу я!

- И что тебе это даст!

- Я докажу, что я- Лучший! И все ангелы примут меня, будут служить мне!

- А Он пытается что-нибудь доказать тебе?

Дьявол поднял голову. Он взглянул на Хроноса и усмехнулся. Но теперь уже не так жестоко, как до этого.

- А ты не так глуп, как я думал...Ничего, мы заставим его доказывать, заставим его сражаться на равных и уважать соперников... А пока давай займемся Эротом.

Хронос искренне удивился.

- Я не понимаю, ты ведешь борьбу с Ним, и в то же время готов гоняться за мальчишкой, хотя даже Зевс не обращал на него внимания...

- Зато он обращал внимание на Зевса. Ты забыл. Как твой сынок то в быка обращался, то в лебедя, то в баб, лишь бы утолить свой сексуальный голод.

- Так это что, проделки Эрота?

- Понятное дело, что не Валькирий! И это еще так, детская забава. Твоему сыну не пришлось помучиться так, как следовало бы.

- И все-таки я не понимаю. Что такого в его проделках? Ну, начнут они любить друг друга? Так все равно же мы разрешили им трахаться направо и налево... Чего там! Даже открыли бордели с животными... и даже с мертвыми животными... Есть даже заведения для некрофилов... Ну ебались они 200 лет без любви, пусть теперь с любовью поебутся....Еще и сами пожалеют. Так то они просто сексом занимались, а теперь - будут именно ебаться.

- Все не так просто. Ты почитай на днях "Пир" Платона. Там в очень доходчивой форме рассказано, как упражняться в любви.

- И как?

- Поначалу -воспитываешь любовь к своему телу. Потом - к телу другого человека, потом, к душе другого человека, ну а там- пошло поехало. Апофигей всего алгоритма - всеобщая, вселенская любовь.

- Ну и что?

- Да то, что один еврейский мальчик своим умишком дошел до такой несложной идеи, что Он - есть любовь. Другой отрок - благородный принц Гаутама - так тот прямо сказал, что смысл жизни - любовь и сострадание. Я не хочу Ему оставлять и лазейки в сердца этих недоумков. А тут остаются такие ворота. Ты меня понимаешь?

Сатурн отошел к стене. Здесь был установлен керамический фаллос, из которого лилось вино и впадало в раковину в полуметре от пола. Напившись вина из-под крана, он сел в кресло у родника и задумался.

- Чего изволите, господин Тиран? - спросил дьявол. - Никак не можете во все это поверить?

Сатурн мрачно приподнял правое веко и на секунду взглянул в сторону Премьер-министра.

- Я одного не пойму. – Он снова смотрел в пол перед собой. - Если Он есть любовь, и если весь смысл жизни в любви и сострадании, то на что ты надеешься? В том, что предлагаешь ты - нет основы, нет смысла. Так, суета сует и томление духа.

Дьявол засмеялся. Подошел к тирану и по-дружески хлопнул его по колену.

- Ничего, все будет нормально. Вот только завершим эту войну с косоглазыми, а там - там найдем новый смыл жизни. Или подсунем им что-нибудь новенькое.

Хронос ничего не ответил.

- Все, хватит унывать. - Премьер-министр приободрился. - Нужно побыстрее справиться с ретивым ребенком.

- Как? Убить-то мы его не можем! У него та же сущность, что и у остальных олимпийцев.

- Ничего страшного. Мы можем сделать его изгоем. Поверь мне, - что бы ни явилось причиной изгнания - изгои никогда не привлекают к себе людей.

Через неделю после этого разговора появился донос Меркурия, который дал свое согласие участвовать в заговоре.

- Да, недооценил я его прыти, - Сатурн потер мощной ладонью свой лоб.

- Но это все только упрощает наше дело! – оживился Люцифер.

- Как это?

- Посуди сам: до сегодняшнего дня мы не знали, что предпримет Эрот. Неизвестность - сам опасное оружие. Но сегодня мы уже знаем, что парень начал плести заговоры .Дадим ему поиграть в свою игру. Пусть все, кто захочет, вступают с ним в Альянс. Это отнимет у него время...Нужно их всех помотать, отвлечь, создать видимость того, что им кое-что удается.

- Зачем?

- А затем, что они потратят свое время, свои силы и свой авторитет...А конец их будет очень незавидным - обещаю тебе! В конечном итоге все отвернутся от них, и одумавшиеся олимпийцы лет на 100 забудут слово "заговор". Нечего говорить о том, что Эрот больше никогда не сможет с ними начать новое дело.

Хронос усмехнулся.

- Но как ты отследишь их? У нас такими вещами занимается только Полиция нравов, а там - тупица на тупице. Они проваливают самые обычные задания.

- Об этом не беспокойся, мой венценосный друг. Кадры мы найдем.

Глава 7. Upgrade

–С чего начнем? - спросил Эрот Афину.

–С музыки.

–С чего?

–С того, что всегда трогает человека.

–Ты что, хочешь реформировать систему шоу-бизнеса?

–Нет. Нужно будет просто распространить в молодежной среде записи старых песен.

–Это будет трудно.

–Почему?

–Две проблемы. Первая – нужно оборудовать студию, чтобы перегнать винилы и магнитные записи в цифровой формат. Когда ментавры высислят студию – это вопрос времени. Больше месяца на оперативную работу у них не уйдет. Вторая проблема – как распространить? Любой цифровой файл на любом носителе можно легко засечь с помощью сканнера. Вся база данных любовной лирики уже давно существует – поэтому все цифровые записи были уничтожены на всех серверах. Все электронные сети контролируются полициейскими роботами.

- Ничего техническую сторону дела можно решить довольно просто. Я нашла одного парня, который разработал программку для 3D – сканнера. Лазер сканнирует поверхность винила или магнитной ленты, если ее прогонять в режиме быстрой перемотки. Фиксируется малейший жлектронный заряд каждого микрона поверхности. Программа моеделирует поверзность в компьютере и прогоняет ее через виртуальный проигрыватель. В результате синтезируется мелодия, записанная на носителе. Снятие звука с винилов и CD происходит за долю секунды, так что даже не приходится включать звук, дабы не привлечь внимания соседей.

Эрот почтительно кивнул.

-Мощная разработка. Не рискованно было?

- Нет, я попросила перевести записи одного исторического деятеля 20 века. Сказала, что мне это нужно для работы.

- Ну, ничего себе! Но как распространять?

-А распространять будешь ты.

-А как я пронесу эти записи по улицам? Сканнеры носителей стоят на каждом углу.

Перенос информации действительно был достаточо большой проблемой. Хотя, казалось бы, с хранением не было никаких проблем — в качестве переносных дисков использовались самые разные предметы. Чипы монтировались в книги, в брелоки, в ключи автомобилей, в сумки. Извлекать чип из контейнера было не обязательно — электромагнитные сканнеры устанавливались под потолком помещений и снимали информацию с любого незащищенного носителя, занесенного в комнату. Но большинство населения предпочитало вживлять себе в пальцы биосинтетические имплантанты, на которые с помощью беспроводных портов можно было записать до 100 гигабайт информации. Кое-кто вживлял под кожу ладони и 3-D сканнеры, но потом приходилось беречь руки от грубой физической работы.

При таком обилии носителей казалось, что перенос информации не составлял труда даже в обход интернета. Однако полицейские электромагнитные сканнеры, расположенные по всем улицам городов империи, снимали информацию с любого носителя. И если в отношении домащних сканнеров владелец носителя и имплатантов мог защититься с помощью пароля, то в отношении полицейских сканнеров это было невозможно, поскольку именно полиция устанавливала защит и выдавала пароль.

-Ничего страшного. Достаточно пересохранить файл в текстовом формате, а потом при прослушивании снова поставить мультмедийное расширение. Главное – хранить эти файлы в папках с утилитами – эти директории ментавры никогда не проверяют – нервов не хватает.

-Да, простой алгоритм.

-Это еще не все. Тот же парень дал мне еще вот что! – Афина открыла экране компьютера какой-то новый аудио-редактор.

–Вот, смотри, открываешь опцию "Файл", выбираешь любую мелодию. После этого выделяешь всю мелодию и в опции "правка" выбираешь "Обогатить". После обработки мелодия звучит примерно также, как в Мр-40. Но, если нужно добавить эффектов, то можешь использовать любой инструмент на панели.

- В принципе, просто AdobeAudition.

- Почти. Единственное отличие в том, что эта программка действительно обогащает мелодию, делает звук более качественным.

- Как это получается?

- Благодаря сэмплам в фонотеке, с которыми программа автоматически сравнивает звучание любого инструмента на записи. Если какой-то трек программа сочтет деффектным, то автоматически подставит нужный сэмпл.

- Это все?

- Нет, тут еще в опции "Элемент" есть команда "Разложить по инструментам". После выполнения этой команды программа показывает тебе дорожки каждого инструмента - гитара, скрипка, арфа, туба, тромбон, ударные и так далее. Появиться даже дорожка "Вокал", если под музыку звучит пение, и "Бэк-Вокал", если у основного голоса есть сопровождение. Так что с каждым инструментом и с каждым голосом можешь делать что хочешь.

- Ничего себе! Но это какой объем работы?

- Обычно с одной мелодией приходится возиться часа 2. Если ты не поленишься и повозишься 2-3 недели, то у тебя появится не менее 2-х десятков записей. Но это не главное. Можешь показать эту программу своим друзьям среди молодежи. Покажи, как она работает, покажи, как звучат нужные тебе мелодии, и все - дело сделано.

–То есть?

–То есть, молодежь начнет перегонять старые песни в новый формат. При этом и вкус разовьется, и навыки конспиративной работы появится. Так что, вперед.

Распространять пришлось через одну сеть.

Гийома Эрот приметил полгода назад. Поначалу, он казался обычным предводителем молодежной преступной группировки. Но потом оказалось, что в заброшенном подвале дюжина парней собирают не только оружие, но и запрещенную литературу. У кого-то дома завалялись старые книги - "Сравнительные биографии" Плутарха. Ребята поняли, что история человечества совсем не такая, какой ее объясняли в школьной программе. Они решили восстановить "историческую справедливость". Нашлось даже фактическое руководство к действию - автобиография Че Гевары. Так что и группировка создавалось по образу и подобию отряда Кастро. Постепенно "читательский клуб" разросся до 10 человек, а библиотека насчитывала 50 книг.

Это была единственная группировка, которая собирание книг совмещала и со сбором оружия. На уровне подросткового чувства протеста они решили "мочить ментавров". Кое-как Эроту удалось убедить их пока не вступать в стычки, а ограничиться организационной работой. Новое хобби —музыка 20-го века — сдержала воинственный настрой новых партизан.

Через месяц уже во всех кварталах города появились копии запрещенных записей. Выплывшие старые мелодии под руками подростков превращались во что-то мало узнаваемое: добавленные спецэффекты заставляли звучать мелодии по-новому. Порой, невозможно было узнать в современной обработке исполнение BeeGees или Guns&Roses, но смысл песен легко узнавался.

Вслед за музыкой пошла в ход и литература. Через интернет пошли древние авторы. Семена падали на подготовленную почву. Поначалу шли наивные произведения авторов 15-16 века. Потом выкинули и Шекспира. Вот тут у детей и начало "рвать башню".

Вскоре полиция начала облавы.

Глава 8. Птичник

Центральная пересылочная тюрьма западноевропейской части империи Располагалось в здании, которое раньше называлось Нотр-Даммским собором. Остроконечная крыша церкви была лишена креста, все стены снаружи по приказу Премьер-министра выкрасили в розовый, чайный цвет. С окон сняли витражи и поставили вместо них решетки. Все скамьи из зала были вынесены, а все пространство зала было разбито на десять ярусов. На каждом ярусе, вдоль длинных, узких коридоров тянулись клетки - камеры для арестантов, переправляемых в разные трудовые лагеря Империи, на каменоломни, рудники, химические заводы, шахты. Клетки не были рассчитаны для комфорта: размером три на три метра, и высотой в два метра. При этом, в каждой камере были установлены по 2 двухъярусные кровати, так что по идее здесь должно было размещаться по четыре человека. Но чаще всего в одной камере содержалось по 10-12 пересыльных.

Полов и потолков, как таковых, не было. Тюремные этажи отделялись друг от друга однослойной стальной решеткой. Вместо стен так же были решетки. Казалось, что это птичьи клетки поставлены одна на другую. Поэтому среди заключенных пересыльную тюрьму прозвали "птичник".

Такая конструкция позволяла экономить на гигиене: каждый день, в 8:10, через десять минут после побудки, из-под потолка обрушивались потоки воды. Это заменяло душ. Во время этой водной процедуры всем заключенным следовало раздеться, иначе приходилось ходить целый день мокрым.

Справлять нужду заключенным приходилось в парашу, установленную в одном из концов камеры. Только здесь был дощатый настил размером шириной в метр.

По закону в пересылочной тюрьме человек должен был находиться от суток до трех, пока его не отправят по этапу в столыпинском вагоне к месту заключения.

На деле пересылка задерживалась на две-три недели. Естественная смертность в птичнике составляла 3%, насильственная - 5%. Именно сюда и был направлен Лагранж., осужденный по статье 132 имперского Уголовного кодекса - проявление любви, - и по статье 133 - антиобщественное поведение.

- Добрый день, господа, - поздоровался Лагранж.

На верхней полке приподнял голову тощий тип лет 35-ти. Черные, с проседью волосы был очень аккуратно уложены на его голове. Лицо выражало пристрастие к крепким напиткам - жесткая, дубленая кожа облегала тонкий череп. Прищуренные глаза с птичьим любопытством смотрели на новоприбывшего. Грудь его почти впала, руки были худые, но жилистые. Кисти были несоразмерно большими по сравнению к остальному туловищу.

"Такими руками можно сорвать дужку с замка", почему-то пронеслось в голове у Лагранжа.

На полке под тощим секунду назад лежал парень лет 25-ти. Теперь он поднялся с возгласом: "О! Понятливые типы стали попадаться среди новеньких". Его фигура была сутулой, чуть ли не горбатой. Руки - не тощие, скорее даже натренированные. Кисти - не такие развитые как у типа на верхней полке, но зато костяшки у основания пальцев были набиты в драках и наросли мозолями.

Лицо казалось простым, даже простецким: маленький лоб, чуть вздернутый нос, длинная, косая челюсть. Видимо слабая степень синдрома Дауна.

Обитатель нижней полки напротив тоже встал. Это был среднего роста толстяк. Лысый, с круглым невыразительным лицом и большими карими глазами. На вид он казался полным тупицей. Встал он резко, движения были неестественные, порывистые. Так что Лагранжу показалось, что этот человек чем-то напуган.

- Vale, - буркнул с верхней полки худощавый и снова растянулся на нарах.

- По какой статье сидишь? - осведомился дауноподобный. Голос его не выражал признаков слабоумия.

-58.

- О, любовничек! - забеспокоился лысый. Он подошел к Лагранжу нервной, пританцовывающей походкой. - Ну что, любишь людей? Лагранж отшатнулся. Что-то его насторожило.

- Как тебя зовут? - осведомился дауноподобный.

- Лагранж.

- Так что, Лагранж, ты меня любишь? - не унимался толстяк.

- я тебя даже не знаю.

- Ну, так что? Узнаешь... Давай познакомимся поближе.

Вдруг в Лагранже начал просыпаться тот, кем он был до этого в течение тридцати лет. Привычки, частью которых он стал, не могли отмереть.

- Вот с тобой то я точно знакомиться не хочу, - окрысился он.

- Ты что наглеть вздумал? Ты тут кто такой есть?

- Заключенный, а ты чем лучше меня?

- Да я тебя сейчас...

- Заткнись, Кабанчик, - окликнул дауноподобный.

- Ты что? За кого тянешь?

- Пока ни за кого. Просто нечего тут блатовать. Рамзы не путай. Не видишь, парень пришел, нормально поздоровался, так что нечего его раньше времени на понт брать.

–Тебе повезло, - огрызнулся Кабанчик на Лагранжа и улегся на верхнюю полку.

–А ну как сползи! - окликнул его худощавый.

–Да ты что? - оторопел кабанчик. - Он что ли напротив тебя лежать будет?

–Не твое дело. Я тебе уже говорил, что твою рожу не хочу напротив своей видеть.

–Даб, он же по 132-й статье идет. А я,.. Я же порядочный пацан!

–Порядочные не крадут кур... Ты крадун, и еще узнать надо, что ты с этими курам делал.

–Даб, да честное слово, я с ними ни разу...

–Ладно, пока верю. Но я уже говорил: не хочу твою рожу рядом с собой видеть.

–А он что. Надо мной будет?

–Пока - да.

Кабанчик слез и показал на пол под кроватью.

–Давай, новичок, лезь туда.

–С какой радости? Есть же место?

–Оно не для тебя, там порядочные люди лежат.

–Это кто там человек? - осведомился Даб. - Ты, что ли? Скажи спасибо, что я сегодня добрый, и что люди тебя не слышали.

–Давай. Быстрее, разозлился Кабанчик. - Видишь, из-за тебя уже все нервничают.

Но Лагранж взобрался на верхний полок.

–Пока никто не против того, чтобы я лег н верхний полок, так что нервничать повода нет. Я остаюсь здесь.

- Ах ты...

Кабанчик уже хотел потянуться к нему, но его опять оборвал Даб.

–Теперь я начинаю нервничать. Все, тебя отшили. Ложись на нары и захлопни пасть. И без тебя тошно.

Следующее утро началось с сирены подъема и душа. Лагранжу и так не спалось, так что он быстро разделся и стал со всеми лицом к стенке. Кабанчик отодвинулся назад и, окинув новенького взглядом, усмехнулся:

–Сойдет...

"Скотина", подумал Лагранж.

После обмывания настало время завтрака. В баланде угадывались рис, кукуруза, пережаренный лук, переваренная до мерзости морковь и не очень свежий картофель. Запах мяса в похлебке сохранялся, но как такового мяса в миске не было.

Слышь, новенький, не чавкай.

–Я и не чавкаю.

–А я что, сказал, что ты чавкаешь?

–А зачем тогда говоришь?

–Чтобы ты и дальше не чавкал. Тебе совет дали, а ты вместо спасибо еще и разбухаешь.

–Слушай, что ты до меня докапываешься?

–Ты чего голос повышаешь?

–А как с тобой еще разговаривать? Успокойся и оставь меня в покое..

–Ты на кого голос повысил? Овца!

Лагранж знал, что после этого нужно бить. И он ударил. Завязалась драка.

Дауноподобный сначала вырубил Лагранжа, потом и кабанчика. Удар у него четкий, поставленный.

Лагранж проснулся от головной боли.

–Ну что, салага, чем теперь ответишь за мой завтрак? - осведомился Даб.

За какой завтрак?

–За тот, что ты разбросал.

–Но это же кабанчик начал.

–Так значит, теперь Кабанчик во всем виноват? Значит, ты на кого угодно покажешь, лишь бы себя выгородить?

–Нет...

–Как нет? А вот сейчас ты что сказал? Разве не ты обвинил Кабанчика?

–Да, я...

–А зачем ты это сделал?

–Так ведь ты же меня обвинял.

–А если тебя следователь в чем-нибудь обвинит, так ты что, и меня заложишь?

–Но ведь ты ж не следователь... Ты сидишь, как и я...

По лиц Даба пробежала какая-то тень.

- Это ты сейчас так говоришь. А потом? Ссучишь? Испугаешься? А ты знаешь, что делают с трусливыми суками?

- То же что и с ссученными кабелями, - раздался не очень громкий, но хорошо слышимый голос из нижней клетки.

- Кто это? - Даб подскочил и закрутился, как ужаленный.

- Ты хорошо знаешь, кто.

- Руж?

- Поменьше произноси это имя, и побольше радио слушай.

- А что законы изменились?

- Законы остались теми же... парень тебе все правильно ответил, так что не надо давить там, где все четко.

–Но он идет по 58-й.

–Это ерунда. Парень сидит ни за что, совсем ни за что.

–А остальные по 58-й? Какая разница?

–За мастями не следишь, Даб. Вот и вся разница.

–Вот дерьмо! - испугано прошептал дауноподобный.

Даб уставился на него.

–Что случилось, Рево? - прошептал Даб.

Тот покачал головой:

–Точно, Черный Змей ушел... Теперь все поменялось...

Даб подмигнул ему, а потом прокричал6

–Добрый человек, можно вопрос?

- Если деликатный.

–Ну, не знаю, как сочтешь... В чем сила у такого животного, как змея?

–В раздвоенном языке.

Даб зажал зубами нижнюю губу и прошептал для Рево:

–Раньше говорили, что в мудрости... ну все, теперь эта смена надолго.

Потом опять прокричал вниз:

–Спасибо за науку.

Его напарник снова покачал головой:

- Кончилось время золотое...

Слух о том, что Черный Змей - авторитет, отвечавший за пересыльные тюрьмы - сдал своих подельщиков, призраком прокатился по тюрьмам полгода назад. Теперь оказалось, что эти слухи правдивы. Ничего хорошего это не означало: Руж и Черный Змей всегда соперничали друг с другом. Руж всегда слыл менее сильным и чудаковатым, но элита преступного мира с ним считалась. Отношение к осужденным по 132-й статье было одним из пунктов, по которым у них постоянно происходили пикировки. Но в основном все сводилось к спору об отношениях в лагерях: Руж придерживался старых блатных традиций. В его понятиях метко сказанное слово, разгаданная шарада много говорили о человеке. В то же время Черный Змей больше опирался на то, что авторитет непререкаем. При нем те, кто получали инициализацию, чувствовали себя более вольготно и нагло. Отвечает ли новичок правильно на хитрый вопрос или нет - для них было все равно. Основная цель - подчинение - достигалась любыми способами.

Если Змей ушел, значит, придется подстраиваться под Ружа.

–Извини, Руж, - крикнул Даб. - сам знаешь, нервы пошаливают. Ты надолго здесь?

–Не ко мне этот вопрос, сам знаешь.

–Хорошо, хорошо... Рад был тебя слышать!

–Не отвечает! Разозлили мы его! - прошептал Рево.

Даб оглянулся в его сторону.

–Мы? А мы причем? Это Кабан всех подставил. Слышишь, ты, Окорок?

–А что я? Я же тоже не знал!

–А мы тебе говорили: тормози!

–Да чего вы...

–Молчи уже! И убери здесь!

–Да ты что, Даб! Есть же этот...

Даб только повел бровью в его сторону.

Рево тут же двинул кабанчика под дых и подтащил к параше, где стоял веник и ведро с водой и тряпкой.

–Давай, расхлебывай кашу!

На следующий день Ружа в тюрьме уже не было - его увели по этапу в какой-то лагерь. Но природа пустоты не любит...

– Даб, - позвали вечером через решетку.

–Что?

–В камеру Ружа пришел Крест.

–Кто?

–Крест!

–Ну, наконец-то! Это же его тогда Змей сдал?

Крест принадлежал той когорте, которая придерживалась "черных" правил. Именно их возглавлял и Змей. Но Змей оказался стукачом. Теперь доминировали "красные" во главе с Ружем. Но Крест - дело особое. Он сам был черным и пострадал от стукача. Так что он теперь начинал соревноваться с Ружем. Хотя в пересыльных тюрьмах и доминировали "красные", когда туда попадал Крест ситуация могла очень поменяться хотя бы на время.

- Все равно, это лучше, чем Руж, чтоб ему ослепнуть!

Утром после душа Кабанчик подошел к Лагранжу.

- Слушай, у нас тут с тобой недопонятки были...

Лагранж усмехнулся:

- Да уж, было кое-что...

- Ты уж не сердись... Я знаю, тут если одиночкой держаться, то трудно будет. Поверь мне, как ты сможешь наладить отношения в пересылке, так и дальше пойдет.

- Ну-ну..

Кабанчик полез в карман за сигаретами.

- Будешь? – протянул он пачку.

- Давай, Лагранж взял одну штуку и затянулся.

- Ты что, курить не умеешь?

- Почему?

- Ты дым в щеки набираешь, а нужно затягиваться, чтобы дым в легкие зашел. Вот смотри!

Он закурил, втянув щеки. Лагранж повторил за ним и поперхнулся. Кабанчик рассмеялся.

- Ничего, со временем привыкнешь... поначалу у всех так. На свободе не курил?

- Нет, так, в детстве... В школе пару раз затягивался.

- А я с детства курю. Ты откуда сам? Парижанин?

- Да... Всегда здесь жил.

- А я с Ривьеры... жили с семьей около Ниццы. Мои родители держали автомастерскую. А твои?

- Отец - экономист. Разрабатывал программу рентабельности регионов.

- О! Значит давал прокормиться бедным фермерам?

- Что-то вроде того.

- А ты сам чем занимаешься.

- банковский служащий.

- Вот так-так! - засмеялся Кабанчик. - значит твой папа давал заработать тем, с кого потом его сынок стриг купоны?

- выходит, что так.

- Эй, кабанчик! - позвал Рево. - клетка неубрана.

- А! Сейчас!

Он наклонился к Лагранжу:

- Слушай, сегодня твоя очередь убирать... Так что, давай, вон тряпка там, вода чистая...

- Слушай, кабанчик, а вчера твоя очередь была убирать? - спросил Лагранж.

- Да.

- А позавчера?

- Ну, позавчера я просто помог...

- Вот и сегодня помоги.

- Ах ты... А еще сигареты со мной курил, по душам разговаривал... ты оказывается не такой, как все!

- Даб! - крикнул Лагранж.

- чего тебе?

- Есть один вопрос.

- Какой еще вопрос?

- Если смотрящий ослепнет, он останется смотрящим.

Даб хмыкнул.

- В этом деле - главное не оглохнуть. Кабан, сегодня твоя очередь... а тебе парень, лучше спать по ночам, а не радио слушать.

Но спать в эту ночь не пришлось. Вечером в камере прямо под ними к кому-то подошли насчет карточного долга.

- Ты когда обещал вернуть? - обратились к нему.

- Я же вернул!

- Вместо тебя вернул Бубен.

- Но я же отдал вчера ему!

- ты ему отдал 20 пачек сигарет.

- но я столько и был должен!

- Ты занимал у него 29-го, а вернул первого числа... Каждый месяц набегает пять процентов.

- Но я верну ему! В субботу же верну!

- Поздно! Сегодня вечером его отправляют по этапу.

- Что же делать?

- Мы ему вернули пять пачек. Так что ты нам должен 10.

- Но я верну! В субботу верну!

- Ха! В субботу! Завтра нас отправляют в Азию!

- Нет!

- Да, ты попал!

Внизу послышалась возня и крики. Вся тюрьма вдруг закипела. Отовсюду раздавались крики и улюлюканье.

Бедолагу кидали то к одной стене, то к другой. Отовсюду к его заднице через решетки тянулись гениталии.

- А ну-ка, подбросьте его нам! - заорал Кабанчик.

- А тебе-то что? Невелика птица!

- А за блок сигарет?

- Смотри, сам на его месте не окажись!

Кабанчик скинул вниз блок сигарет.

- Ого! Заслужил!

Кабанчик скинул штаны и кинулся на решетку. Снизу под него подставили должника.

Лагранж едва успел добежать до параши, чтобы выблевать все съеденное за день.

Но стоило ему только обернуться, как его опять стошнило: Рево пристроился сверху над Кабанчиком и тот завыл.

- Он забыл оговорить долю своих сокамерников, - холодно сказал Даб.

- Жадность дураков губит.

Вагоны, в которых перевозили заключенных, больше напоминали помещения для скота. Никаких купе - одно общее помещение, где рядами стояли трехъярусные кровати. Никакого покрытия не было на оцинкованном полу. Тусклый свет давали тонкие неоновые лампы, помещенные в металлические коробы с частой решеткой.

Отхожее место представляло собой простую дыру в одном из концов вагона. Чтобы ни у кого не возникало мысли сбежать через эту дырку, по ее периметру, остриями в сторону центра торчали толстые гвозди-сотки.

С другой стороны вагона было огорожено место для охраны с отдельным входом. Перегородка представляла собой стальную стену с одной узкой дверью и двумя набольшими окнами с металлическими ставнями. За перегородкой находилось пять конвоиров с двумя собаками.

В середине ночи Лагранжа разбудил вопль: какой-то толстяк все-таки умудрился провалиться задницей в отхожее место. Тут же к нему подскочили несколько человек. Двое держали его за руки на весу, а третий умудрился вызволить из ловушки части тела толстяка.

Терпение Лагранжа лопнуло. Он бросился к помещению караула и начал барабанить по двери руками и башмаками.

- Ублюдки! Людоеды! Да остановите же поезд! Вызовите врача! Гады!

Половина заключенных присоединилась к нему. Вдруг в двери открылось небольшое оконце, из которого высунулся ствол автомата. Без предупреждения раздались выстрелы.

Все ломанулись прочь от огня. Только обезумевший Лагранж засмеялся и подставил грудь под выстрелы.

К его удивлению, грудь обожгло несколько раз. От третьего ожога он потерял сознание.

Он не почувствовал, как его втащили в караульное помещение, но зато почувствовал как его избивают. Впрочем. Это продолжалось недолго: удар прикладом по голове оглоушил его.

Очнулся он связанный козлом. "Холостые патроны", понял Лагранж. Злобная овчарка, увидев, что человек открыл глаза, оскалилась и зарычала.

- Смирно! - дернул ее за поводок охранник.

- Тебе тоже "смирно", - второй охранник дернул веревку, которая шла через спину от ног к шее Лагранжа. Остальные нашли это очень смешным.

Под шум колес Лагранж расслышал голоса за стеной.

- Эй, это же ты спас того толстяка?

- Да.

- А как ты рискнул? Что, доктор?

- нет, не успел доучиться в свое время.

- а тебе не противно было дотрагиваться до его яиц?

- Ему же нужна была помощь.

Несколько глоток захохотали.

- Слушай, нам тоже нужна помощь, а тебе все равно не противно...

- Суки! - закричал бывший студент.

За стеной завязалась драка.

Голова Лагранжа раскалывалась. Руки и ноги уже начали затекать. Он понимал, что ничего не может сделать. Ему не хотелось жить. Откуда-то издалека вдруг возникла одна мысль, одно слово, в котором, казалось, заключалось вся надежда: "Боже... Боже... Боже..." повторял он про себя.

Глава 9. Бильярд

Очередной отказ в работе уже не должен был бы доставлять такую боль. Должно было выработаться если не смирение, то, по крайней мере привычка. Но Вольта все же принял это близко к сердцу. Еще перед выходными шеф фирмы Brabus был в восторге оттого, что к нему на работу поступает тот самый парень, который увеличил КПД двигателя внутреннего сгорания аж на 30%!

Вот сукин сын! И какое решение нашел! Ведь вот оно, на поверхности лежало, а найти никто не мог!

В субботу и воскресенье Вольта ничего не ел: денег оставалось только на бутылку минеральной воды, которая глушила эту проклятую боль в животе, и на пачку сигарет, которые эту боль провоцировали. И все же, настроение было умопомрачительное!

С вечера он нагладил брюки, накрахмалил белую рубашку и побрился. Да, именно побрился. С утра оставалось только слегка пробежать лезвием против шерсти.

Заветный жетон, 20 минут в метро - тут главное не дать себе утонуть в людском потоке. Эмоции - позитивные. Негативные - отрешится. Опять эмоции -уже свои- подавлять...Так, держишься хорошо, вот эскалатор, ... Еще чуток терпения... Все! На воздухе! Да, машины бегут, да смог, но сквозь высотные дома - лазурное, чистое небо! Все, собраться с мыслями, забрать в себя побольше лазури, и вперед!

Учтивый охранник, прозрачная дверь, сексапильная секретарша, улыбка - оральный оргазм!

- Одну минутку monsieur ... monsieur директор, к вам monsieur Вольта!

Бодрой походкой Вольта вошел в кабинет.

- Садитесь...

Так, что-то тон знакомый...

- Видите ли в чем дело...

Все! Можно выходить. И даже нужно. Чтобы, по крайней мере, не испортили тебе настроение, собранное за все утро. Ну, поимей ты хотя бы какой-то бонус со всей этой мясорубки! Нет! Почему-то надо остаться. И даже - вот чертовщина - остаться хочется! Словно этот человек с мешкообразным брюхом в рубашке от Voronin сможет тебе растолковать, в чем ты ошибаешься, и тогда ты больше НИКОГДА не повторишь старых ошибок. Нет! Чушь! Морок! Что можно объяснить ему, доктору математики, профессору механики, инженеру от природы?

- Видите ли, ваши разработки отличаются излишней академичностью, - сухим, казенным тоном начал monsieur директор. - Они пока не имеют никакого прикладного значения... Я знаю, что вам нужно: кабинет, мощный процессор, огромный экран и креатер пластиковых форм...Ну, и естественно, постоянные разъезды по симпозиумам и семинарам для общения с коллегами. А у нас вы всего этого будете лишены. Поймите, мы тут каждый день имеем дело с реальными, а не отвлеченными автомобилями. С машинами. Вы просто не в той отрасли ищете работу.

Да что этот пень несет?

- Как вы смеете говорить со мной так?- взорвался Вольта. - Взяли кого-то из своих родственников на вакансию - так и скажите. Но комментировать, что я могу делать, а что нет - не смейте! - В порыве гнева он подошел к столу и навис над своим противником. – Вы что, лежали по полгода под седанами? Разбирали с закрытыми глазами карбюратор? Растачивали цилиндры, чтобы проверить, какой ход будет у поршня? Перепаивали электронику на узлах? Да кто вы такой? Сидите и помалкивайте, кусок дерьма!

- Ну, с меня хватит! Вон из кабинета!

Вольта опомнился и пошел прочь. Он уже открывал дверь, когда monsieur директор окликнул его:

- Послушайте, Вольта!

- Что еще? - Он остановился, но не обернулся.

- Вы правы, вы хороший инженер, но поверьте мне - никто Вас не возьмет на работу. Я не могу сказать почему, но, поверьте, не стоит мучаться.

Вольта молча закрыл за собой дверь.

Секретарша с каменным лицом уткнулась в монитор компьютера.

- Всего доброго, мадемуазель

- Всего доброго.

Губки ее говорили теперь: отсоси сам!

Охранник смотрел презрительно. Что ж, неудачников никто не любит.

Когда все это началось? Сразу же после того, как его увалили из Imperial motors? Нет, наверное, еще раньше. Когда он начал делать экономные моторы для дальнобойщиков в своей домашней мастерской.

Те не скупились на вознаграждение. Еще бы! Они экономили на бензине и дизеле, хотя в гаражах по прежнему давали те же деньги на заправку горючего.

Нет, все это началось еще раньше, когда отвергли его разработку. Поэтому-то и появилась необходимость самостоятельно, в гараже заниматься разработкой и внедрением новой системы, позволяющей экономить треть топлива.

Через год у него скопилось достаточно материалов для того, чтобы опубликовать свои работы в научно-популярном журнале.

Публикацией заинтересовались информационные издания. "Революция в механике", " Непризнанный гений", "Monsiur 50%". Заголовки не отличались вкусом но были броскими.

В конце концов руководство Imperial Motors заинтересовались его разработками.

Изобретения были приняты и внедрены в производство. Однако, сам Вольта оказался уволенным за "нанесение материального ущерба фирме".

- Вы установили несколько десятков двигателей и тем самым лишили нас потенциальных клиентов., - заявил менеджер по маркетингу.

После этого везде повторялась одна и та же история: с первого раза его готовы были взять на работу. Но уже на второй день отказывали под любыми предлогами.

Семейная жизнь давно полетела в Тартар. Карин могла неделями пропадать где-то у подруг, сын вырос замкнутым, агрессивным парнем. Обращения матери его злили, отца он еще переваривал, но общался с ним неохотно. Кое-чему Вольта научил сына. Но все же, когда тому стукнуло 15,междуотцом и сыном прошла трещина. Вольта растерялся: всю жизнь он занимался исключительно техникой, человек же оставался для него загадкой. Так что он решил просто не теребить парня.

За полгода без работы оказались израсходованы все небольшие сбережения. Хотя, тратил не столько он, сколько Карин. Пришлось продавать машину.

Чтобы не остаться без крыши над головой, Вольта обратился к родителям.

- Я хочу открыть свой цех, не могли бы вы ссудить мне тысяч 20?

- Но дорогой, это же очень большие деньги!-взволновалась мать.

- Зачем тебе это? - спросил отец.

- Я же говорю: хочу открыть свое дело.

- А почему на работу не устроишься? - прищурил глаза отец.

- Да я пробую... Бьюсь, как рыба об лед, но ничего не получается.

- Вот как? А может ,ты просто негоден? Может быть, о тебе другие знают что-то, чего я не знаю?

- Ты что? Почитай прессу - мое изобретение стало гвоздем года!

- А вот я слышал, что это просто совпадение, что тебе всего лишь повезло. Не так?

- Не так! Я на это пять лет жизни потратил!

- Вот видишь, - довольно сказал старик. - Пять лет жизни потрачено ни на что....

Вольта сидел обескураженный. В голову не лезло ничего путного.

- Мы могли бы дать тебе в долг под 10%,- сказала мать.

- В месяц? - Вольта оторопел.

Потом подумал и махнул рукой.

- Ладно, согласен.

Отец недовольно закашлял и зажевал губами.

- Мать сказала, могли бы.

- Но почему нет?

- Ты никогда не занимался бизнесом, ты прогоришь. А мы останемся без денег.

- Но я могу в крайнем случае продать дом!

Ты не сможешь продать его дороже, чем за 20 000 империалов. А на что тогда ты собираешься выплачивать проценты?

- о я закуплю оборудование на 20 тысяч...

- И за сколько ты сможешь продать свои железяки?

Через полгода они не будут стоит 60% своей стоимости...

- Что же мне делать?

- Продай дом и открой магазин, - посоветовала мать.

Вольта махнул рукой: регистрация, налоги. Сборы, закупка товара, зарплата продавцам - все это съест почти всю стоимость дома.

- Тогда мы могли бы дать тебе тысяч десять. - Продолжала мать.- Под 10%,конечно. Сможешь снять квартиру...

Вольта понял: старики хотели выжать его. Он не сможет расплатиться за 10 тысяч, и магазин отойдет им. В коммерции они оба знали толк, и магазин у них бы заработал.

- Нет уж спасибо, осклабился он. - Как-нибудь обойдусь сам.

Он направился прочь из дома.

- Подумай Франсуа, это очень хороший процент! - крикнула вслед мать.

- Мы не можем дать деньги под меньший процент, - добавил отец.

- Это будет против правил приличия, – закончила мать.

После неудачной попытки устроится на работу, Вольта пришлось пешком возвращаться домой. Что за ерунда - Денег не было даже на метро. Все-таки придется идти в банк и закладывать дом.

Уже смеркалось, когда он проходил мимо бара дальнобойщиков "Черный пес".

- Эй, mosiur 50%! - раздалось из открытой двери питейного заведения. - Вольта! Заходите же, наконец, и выпейте с нами!

- Нет, ребята, я сегодня на мели....

- Что за проблемы, доктор! Мы угощаем!

Непринужденная атмосфера бара немного отпустила. Измотанные шоферюги или пялились в экран телевизора, где шел матч по регби, другие просто болтали за столом, третьи гоняли бильярд на двух не очень хороших столах.

Вольта уткнулся в свой бокал с пивом.

- Ну, как, док? - подсел к нему словоохотливый водила в кожаной косухе. - Чем порадуете нас в следующий раз.

Его имени Вольта уже и не помнил. Только знал, что этот малый один из первых поставил его апгрейд себе на движок.

К сожалению, ни чем.

- Что ж так?

–Поймите, ребята, я - вне игры. Нет работы, нет денег, нет идей.

- Вот так-так, - удивились трое парней, которые ставили ему пиво. - Чего же так?

–Ну... Безработица, конкуренция... Не знаю!

–Ладно, док, не вешайте нос! Что-нибудь да появится. Такие мозги как у вас, не бывают лишними.

"Вашими бы устами, да мед пить", горько подумал инженер.

–Док, пойдемте, сыграем с нами на бильярде!

Вольта сморщился.

–Пойдемте, - не унимались шофера. - Хотя бы посмотрите. Сегодня приехал один парень из Льежа, здорово катает.

–А что наш малыш Будвайзер?

–О! Вопрос на сто баллов! Они устраивают дуэль.

–Да, на это стоило посмотреть!

Малыш Будвайзер вовсе не был малышом. 180см роста, крупные руки; округлые и большие черты лица помещались над лопатообразной бородой. А вот вторую часть своего прозвища парень носил вполне заслуженно, о чем свидетельствовал объемистый живот, выпиравший мз джинсовой куртки.

Льежец явно принадлежал к той породе, которая любит поторчать в тренажерном зале, а потом позубоскалить на пляже, ловя загар от солнца и женских улыбок.

Здоровенные бицепсы, длинные ноги и руки с натренированными уверенными пальцами, стройная талия и почти военная посадка головы на широких плечах... Что ж, если этот плэйбой действительно неплохо играет, то дело окажетс довольно странным. Такие типы более умело действуют в постели, чем на бильярдном столе.

Партия прошла быстро, как бой самураев на мечах. Каждый успевал загнать по 2-3 шара до промаха. Льежец выиграл с перевесом всего в один шар.

Вторая партия тоже не принесла удачи Будвайзеру.

– Док, покажи класс! - крикнул кто-то из зала.

–Давай, давай,! - поддержали другие.

Вольта покачал головой. Шут с ним - почему бы не попробовать?

–Ладно, но только первая партия - пробная. Я сто лет не брал кий в руки.

Льежец проявил благородство.

–Как угодно...

Вольта не столько думал о результате, сколько разрабатывал руку. Разгромный счет 8:3 вызвал бурю разочарованных возгласов в баре.

–Док! Ты что-то совсем не в форме!

–Да уж, чую, боя сегодня не будет! - раздавалось реплики.

Только Льежец покачал головой.

–Гм, неплохо, совсем неплохо.

Гость уже готовился разбить новую пирамиду, когда Вольта вдруг спохватился. Он прижал своим кием кий противника:

–Стоп! Игры не будет! Мне нечего поставить.

–О, это сущий пустяк, - улыбнулся он. - Поставим по десятке - надеюсь, через неделю у вас будет в наличие такая сумма?

"кто его знает - будет или нет", подумал Вольта, но вслух сказал:

–Разбивайте.

Эта партия пошла медленнее: Вольта, в отличие от Будвайзера, не только загонял шары, но еще и старался ухудшить позицию противника. Льежец не отставал от него. Партия проходила минут 15, и Вольта набрал свои восемь очков раньше.

–Совсем неплохо, - промолвил Льежец. - Вы действительно соперник. Давайте так: я ставлю против вашей десятки 50 империалов.

–О нет, это уже через чур!

–Полноте, док! Вы же понимаете, что меня интересует не выигрыш. С вами действительно интересно играть.

–Соглашайтесь, док, - крикнул парень в косухе. - Только у нас к Льежцу одно условие!

–Какое?

–Вольта выступает за клуб... За "Черных псов"... Вот.. И мы ставим свои 50 против ваших. Выплата тут же. Идет?

Льежец рассмеялся.

- Ничего не имею против.

Партия шла красиво, нос в нос: 1:0, 1:2; 3:2; 3:5; 4:5; 4:6; 6:6; 7:6; 7:7...

Когда на столе осталось только два шара, началась борьба нервов. 10 раз подряд противники ставили шары так, чтобы ни один из ни не нанес точный удар. Вдруг Вольта пошел на риск: один шар наглухо прижался к борту между двух луз. Второй - ....Загнать его в лузу - дело гиблое. И все же... Удар в дальний борт. Шар отскочил и сравнялся бок о бок со своим близнецом. Словно под ручку два шара проследовали к угловой лузе, замедляя скорость.

Никто не поверил, что шар вошел в лузу. Ну не должно было быть так!

Только через секунду послышались выкрики:

- Браво, док! Браво!

- Мяяяягко ж кааак!

К столу протиснулся звероподобный тип, очень похожий на Малыша, только с меньшим животом и более резкими чертами лица. Посмотрев на одиноко стоявший шар, он проворчал:

–Жестоко... Этот паренек остался один, а его подружка-вертихвостка отправилась к семерым мерзавцам...

Он заказал пиво.

- Не для меня - для этого паренька, - он указал на бильярдный шар. - Ничего, дружище, в следующий раз повезет больше...

Не обращая внимания на чувствительного амбала, Льежец подошел к Вольта и достал две купюры по полсотни.

- Это - клубу, а это - лично вам, док.

- Бросьте, - Вольта накрыл руку Льежца. Но тот посмотрел на него довольно уставшими улыбающимися глазами.

- Док, не ставьте людей ниже себя. Разве вы не сделали бы на моем месте так же? Я думаю, что вы мне тоже когда-нибудь отплатите...

- Ладно...

- Как же вы здорово играете, monsiur!

Рядом с ними неожиданно возник какой-то паренек лет двадцати. Небольшой рост, черные, как смоль волосы и противная мордочка грызуна со скошенным подбородком и выступающим вперед носом. Руки - длинные, с тонкими костями и слоем жира под розовой кожей.

- Ничего особенного, сынок, - ответил Вольта.

- Нет, правда, здорово, а можно я с вами сыграю?

- Нет, малыш, на сегодня - все.

- Ну почему? - едва не плача канючил паренек.

- Ладно, я с тобой сыграю, - вмешался Льежец. - Вольта, идите к бару, я к вам потом присоединюсь, чтобы выпить рюмку коньяка.

Вольта и успел-то лишь поудобнее расположится возле стойки да пригубить Hennessy, когда к нему подошел Будвайзер.

- Ты смотри, Льежец уже вторую партию играет с этим недоноском.

- Что, поймал маленького и бьет?

- Да нет, проигрывает.

Первую партию Льежец проиграл с разницей всего в один шар. Но вторую - уже с тремя шарами разницы.

- Эй, дайте-ка тоник, - крикнул он, утирая пот со лба тыльной стороной ладони. - Только без джинна.

Вольта подоше к нему.

- Просто наваждение какое-то, - признался Льежец.

- Давайте я вас подменю.

- Нет, дерьмо собачье, я ему еще задам... Он уже 300 империалов у меня выиграл.

- Сколько у вас осталось?

- Стольник.

Остановитесь, я сыграю за вас.

–Почему?

–В случае проигрыша ребята за вас не заплатят. А я снова сыграю за клуб.

–Проклятье!

–Не ставьте людей ниже себя.

Они усмехнулись и Льежец передал кий.

Вольта спокойно принял орудие и подошел к столу.

- Ну что, молодой человек, это вы так хотели со мной сыграть?

- Да-да, я умею играть...

- Посмотрим, посмотрим... Каковы ставки?

- По 50 империалов.

- Нет, зачем же, - Вольта двигался, вальяжно размахивая кием. Зачем же понижать ставки? Давайте сыграем по нарастающей. По 300 империалов.

- Но, - удивился крысенок, - у вас же нет таких денег.

- Ты забыл, что я играю за клуб, - Вольта обернулся к залу.- Ведь так, ребята?

- Да, точно, - подхватили все.

- Вот и отлично... Ставлю триста.

Игра пошла в пользу Вольта. Счет был уже 7:5, когда перед лункой стал лохтовой шар. Вольта усмехнулся: загнать шар в лунку - дело нехитрое. Он прицелился и уже собирался бить, когда вдруг все помещение наполнилось каким-то сверхъестественно пронзительным криком. Этот звук просто вызывал бешенство, причину которого Вольта не мог понять. Но именно из-за этого бешенства кий пошел вскользь шара, и луза оказалась пустой.

Вольта обернулся с явным намерением убить Крысенка. Но тот сидел на корточках, ухватившись обеими руками за левую голень.

- Извните, - плакал он. - Я нечаянно... Это все судорога...

- Какая, на хер, судорога! - Будвайзер уже приготовился, чтобы схватить парня за шею.

- Вы не знаете, - хныкал Крыскенок. - Эти спазмы.. это врожденное... Я не знаю, когда начинаются приступы...

- Что то очень вовремя тебя хватил этот спазм...

- Ладно, Малыш, оставь его, - вольта еле сдержал себя. - Пусть бьет... Его очередь.

Шары стояли очень выгодно. Крысенок загнал тот шар, на который целил Вольта, потом еще два шара и сделал дело. Он веселился как ребенок.

- Я выиграл, я выиграл! Вы видели? - он подбегал то к одному то к другому посетителю. - Я всех угощаю! Вот! У меня есть деньги!

Он достал из кармана брюк бумажник и начал показывать его окружающим. - Вот, смотрите, я могу угостить...

- Спрячь свое говно! -Вольта налился кровью. - Иди к столу и начинай играть!

- Но я ведь уже...

- Иди сюда, - прошипел Вольта.

Крысенок оглянулся вокруг. Но лица водителей не выражали ничего успокоительного для Крысенка.

- Погоди, - Льежец подошел к Вольта и положил руку ему на плечо. - Пусть он для начала всем поставит пиво.

- Ты что? - опешил Вольта. - Пить за его деньги?

- Поверь мне, - спокойно сказал льежец, - так будет лучше.

Вольта пожал плечами.

- Ну его, пусть угощает...

- Да, да, да... - спохватился крысенок. - Я угощаю! Всем по кружке пива...

Потом он обернулся к Вольта.

- Что будем ставить на кон?

- Ставлю вдвое против твоего сегодняшнего выигрыша. 1600 империалов.

Крысенок ядовито усмехнулся.

-Опять за счет клуба?

- Нет, придешь через неделю и заберешь деньги.

- Но это... Но это не совсем по правилам!

- А судороги - это по правилам? - рявкнул малыш Будвайзер.

- Верно, нечего вилять! - поддержали его остальные.

Крысенок сник.

- Ладно. Как скажете...

- Разбивай, велел ему Вольта.

Крысенок не только разбил пирамиду, но и умудрился загнать шар в лунку. Вольта так и не поднял в этой партии свой кий: 7 шаров улетели один за другим в лунки, которые будто притягивали в себя все круглое и движущееся.

В самом конце 2 шара ушли дуплетом в разные углы.

- Все? - победно спросил Крысенок.

Вольта повел головой как боксер в нокдауне.

У остальных наступил шок: не должен такой урод так играть. Ну не должен!

- Да, все, - ответил Вольта.

Льежец с кружкой пива подошел к крысенку.

- Молодец, отличная техника!

- Спасибо, - заулыбался паренек своими кривыми зубами.

- Эй! - Льежец вдруг отскочил. - Что это у тебя? - он указал пальцем на ширинку Крысенка.

Крысенок наклонил голову и Льежец выплеснул свое пиво прямо туда, куда раньше указывал пальцем.

- Фи! Как не стыдно! Иди-ка домой малыш, смени пеленки!

Пока крысенок выбегал из бара, еще с полдюжины кружек пива вылилось ему то на задницу, то за воротник.

Вдоволь наулюлюкавшись, дальнобойщики начали расходиться. Но Будвайзер удержал их.

- Эй, стоять! У нас тут еще дело есть! Док, вы тут проблемы на свою голову нашли... так что я думаю, будет правильно, ели мы все скинемся...

Вольта покачал головой.

- Нет, малыш. Спасибо, но не надо. Все равно я продаю дом... или закладываю... Так что 1600 империалов через неделю для меня проблемы не составят.

Глава 10. Снова неподходящая вакансия

Утром мадам Вольта проснулась от звонка в дверь, который прозвучал на четверть часа раньше будильника. Люди в черном представились сотрудниками финансовой полиции.

-Можем ли мы поговорить с вашим мужем?

- Если только он дома, - услышали люди в черном.

- Чтоб ты сдох!- услышал Вольта вместо "Доброго утра".

- Спускайся вниз, там тебя налоговая полиция дожидается!

- Что?

- Ах, что? Это я должна спрашивать, что произошло! Во что ты вляпался?

- Да понятия не имею... Дай штаны.

- Конечно, ты понятия ни о чем не имеешь! Но только имей в виду, если что - то этот дом наполовину принадлежит и мне.

"Вот сука! - разозлился Вольта. - Как будто бы мысли читает!"

- На треть, - напялил штаны Вольта.

- Что? Как на треть? Что ты все-таки натворил?

- Ничего... Разве только трахнул тебя 17 лет назад.

- Что ты имеешь в виду?

- Треть дома принадлежит нашему сыну...

Пока Вольта спускался вниз, он проклинал всех фискалов на свете. "Чтоб им провалиться во все выгребные ямы Вьетнама и всего Индокитая! Неужели не могли прийти попозже, когда эта фурия уйдет из дому... Теперь она ничего и слышать о закладной не захочет..."

- Чем могу служить?

- Господин Вольта, вы задолжали вчера в Баре, играя на бильярде.

- Да, но был уговор о недельной отсрочке, а прошли только сутки.

- Увы, но у нас есть основания считать, что вы не сможете вернуть эту задолженность.

- Но когда возникают подобные сомнения, то для этого существует арбитражный суд.

- Не волнуйтесь, лучше Вам все-таки проехать с нами , глядишь, может и до арбитража не дойдет.

"Да уж, лучше действительно проехать с ними, не то эта истеричка наделает дел".

К своему удивлению, Вольта обнаружил себя по приезде вовсе не в офисе финансовой полиции, а в офисе управления 666.

- Эй! - заартачился он. - Я в этом вовсе не замешан! Последние два года жизни никак не могли возбудить во мне любовь к кому-нибудь! Только ненависть. Ведь ненавидеть-то разрешено?!

Один из сопровождавших криво усмехнулся.

- Не нервничайте.. вам же никто пока и ничего про любовь и не говорил.

- Вроде, нет...

Его ввели в кабинет инспектора. На месте инспектора, спиной к окну, за каштанового цвета офисным столом, на низком вращающемся кресле сидел ... вчерашний Крысенок.

- Удивлены? - улыбнулся он.

- Значит именно здесь вы будете из меня вытряхивать деньги?

Крысенок усмехнулся.

- Отнюдь, отнюдь... Я сделаю Вам одно небольшое предложение, от которого будет очень трудно отказаться.

- Интересно... Уж не новую ли партию на бильярде?

Крысенок искренне рассмеялся.

- Нет, партия будет несколько в другого рода игре... Я вам предлагаю работать на нас.

Вольта горько усмехнулся. Целый год его футболили от той работы, к которой он стремился, а теперь предлагают ту работу, которую он хотел бы от всей души отфутболить...

- Ну, уж нет... после вчерашней сцены мне совсем не хочется присоединяться к компании сыкунов.

Крысенок злобно сверкнул своими глазенками.

- Послушайте, Вольта, вам некуда деваться! Если я потребую выплаты долга, то вы нигде не сможете достать деньги.

- Ничего, я что-нибудь придумаю.

-Ничего вы не придумаете. Дом заложить вы не сможете - мы возьмем это дело под контроль. Да и жена не даст вам ни продать ни заложить недвижимость.

Я все же попытаюсь.

- Да поймите же! Вам грозит тюрьма. 10 лет каторги... хотя нет - 12. Каждый год вы будете возвращать казне по 100 империалов, которые я получу в качестве компенсации. Когда вы освободитесь, то дом окажется под арестом за просроченные платежи.

- Переживу.

"Хорошо еще, что у меня есть сын, который успеет продать дом! Хватит на комнату и ему и мне... А если он мою долю еще и в банк положит, то после срока я смогу стать небогатым рантье".

- Что ж, - развел руками Крысенок. - Коль скоро доводы разума на вас не действуют, то я вынужден отступить. Вот вам пропуск, пройдите к комиссару. Но учтите, там вас сумеют удивить по-настоящему.

Действительно, это утро не переставало удивлять. Комиссаром оказался вчерашний Льежец. Только теперь он был не в кожаной куртке и джинсах, а в черной полицейской форме. Китель облегал его узкую талию и расширялся на накачанной груди и плечах. Под застегнутыми пуговицами белела рубашка, воротничок обхватывал тонкий черный галстук. На рукаве была повязана красная повязка с белым кругом. Внутри круга был изображено сердце, проткнутое кинжалом.

На лацканах пиджака были две лычки. Правая - в виде четырех точек, левая - в виде двух молний. Белые волосы льежца были сложены в пышную прическу над высоким лбом.

- Смущены? - улыбнулся Льежец.

- Да нет, просто разочарован. У вас так неплохо получилась роль порядочного человека.

Льежец рассмеялся.

- Да, может быть...Но, поверьте мне, когда работаешь здесь, то многие вещи начинаешь видеть по-другому.

- Да уж, если смотреть на мир через задницу, то вид открывается очень оригинальный...

Льежец покачал головой.

- Через задницу мир не увидишь... Только дерьмо.

- Вам виднее...

- Вольта! Вы действительно невыносимы!

- Я???!!! Я невыносим?? Да это вы с ума сошли! Всю жизнь я был простым инженером, все, что я хотел - это возиться с формулами и своими двигателями... Но вы устроили на меня охоту... За что? Почему? Зачем я вам нужен?

Льежец заерзал на стуле.

- Знаете, я был с самого начала против того, чтобы вербовать именно вас. Но мое слово - нерешающее. Видите ли, наш отдел, весь 666-й отдел по всей империи, не справляется с работой. Основная причина - идиотизм персонала. Среди наших сотрудников почти нет хотя бы просто образованного человека, не говоря уже о тех, кто отличался бы особыми сыскными или аналитическими качествами. Поэтому приходится довольствоваться вот такими гениями, - Льежец кивнул головой в сторону кабинета Крысенка.

- И чем же я могу помочь?

- Мозгами. Я сам был социологом, пока на меня не началась охота... Примерно такая же, как на вас. Но я сдался гораздо быстрее... Я хорошо понимаю, что инженеры, технари - не самый лучший выбор для таких дел.

- Так отпустите меня!

- Не могу! Вами тут же займется другой департамент, другого округа. И смею вас уверить, что сцены подобные в "Черном псе" вам устраивать не будут. Попросту измордуют. Так что не артачьтесь. Зарплата приличная, свободного времени - вагон, плюс ко всему - доступ к такой литературе, ради которой можно пожертвовать и жизнью.

Вольта помолчал, потом спросил.

- Сцена в "Черном псе" - это ваша задумка?

- Да моя, - оживился Льежец.

- Что ж, как социолог, вы сыграли превосходно...

- Скоре, как психолог.

- Не суть. Главное, вам почти удалось убедить меня. После того как я увидел, что такой классный парень - водитель из Льежа - спокойно работает в 666 управлении... Знаете, я почти купился.

- Что же помешало?

- Знаете, эти два года неудач... да, неудачи воспитывают характер. Наверное, я закалился.

- Черт, черт возьми... я же говорил, что это до добра не доведет. Нельзя человека доводить до крайности... Но этим умникам ведь всегда виднее! Большое спасибо за эту информацию. Я сошлюсь на нее, когда еще кого-нибудь проведут по всем кругам ада. Может, уберегу бедолагу.

Вольта опять замолчал.

- Цель у вас какая-то непривлекательная, - произнес он. - Несерьезная.

- Да бросьте вы! У вас нет выбора - или 12 лет каторги и нищая старость, или 20 лет интересной работы и приличная пенсия.

- Покорнейше благодарю. Я 37 лет прожил на этом свете и не успел приобрести привычки прокладывать дорогу по головам.

Льежец мрачно сидел в кресле.

- Ладно, - наконец выдавил он. - сразу Вас не арестуют. Я затяну вашу тяжбу по долгам на полгода. Но только... Только вам от этого легче не станет. Вас проведут по всем кругам ада. Адвокаты, судебные издержки, повестки в суд... В конце концов вы сами придете к нам.

-Посмотрим.

Льежец вздохнул.

- Желаю удачи.

На пороге Вольта обернулся.

- Послушайте, а ваш инспектор, крысенок, он гений что ли?

- Инспектор Свидер? Да нет, - он расхохотался. -поступайте на работу к нам и будете играть в бильярд так же, как он. И зайца можно выучить курить.

- Всего доброго.

Глава 11. Каторга

На приисках мрамора в Золандии мало кто мог протянуть больше пяти лет. Сырой климат, лишенная йода вода, туберкулез среди заключенных и большие перепады температуры - от 40 выше нуля летом и до минус 20 зимой - делали каторгу настоящей фабрикой смерти. Ирония была в том. что всего в 20 километрах на запад, около моря, были расположены санатории и пансионаты, вся Золандия жила за счет туризма. Еще ближе находился туберкулезный санаторий. Так что если бы заключенных просто отпустили бы на волю без гроша в кармане, они бы вряд ли захотели покидать это место.

Работы велись круглый год. Основная задача была не в том, чтобы добыть побольше мрамора, а в том, чтобы уморить побольше людей.

Бараки для заключенных располагались в двух километрах от карьера, на противоположном склоне ущелья. По ущелью текла река, название которой никто и не пытался запомнить.

Количество заключенных колебалось от 3 до 5 тысяч человек. Охрана составляла 250 ментавров и 500 простых людей. При небольшой площади лагеря охрана осуществлялась довольно легко: горы шли двумя параллельными гребнями. Так что построив две стены, перегораживавшие ущелье с запада и востока, тюремщики создали закрыты коридор, протяженностью 3 км. За стенами лагеря земля была заминирована. Это было большим препятствием, чем сами пятиметровые стены.

Через каждые 100 метров по верхним и нижним стенам располагались вышки охраны. Кроме того, на горных гребнях располагались сторожки, в которых дежурили смешанные команды: 5 ментавров и 10 человек.

Ментавры в этих местах были небольшого роста. Они не очень быстро бегали. Зато с легкостью передвигались по горным тропам. Черты лица их были грубыми. Высокие, узкие скулы, длинные носы с широкими ноздрями, узкие лбы под черными или рыжими, но непременно густыми волосами.

Собственно и люди здесь имели такую же внешность. Но среди охраны местного персонала было мало: большей частью предпочитали присылать вертухаев из Сибири или с Дона. Последние имели четкое представление о дисциплине и строго ее придерживались. Местные были начисто лишены чувства дисциплины и никак не хотели подчиняться режиму.

За работой заключенных надзирали главным образом люди, хотя среди низших чинов попадались и ментавры.

После первого же дня работ у Лагранжа перехватило поясницу. В бараки он пришел разбитый. Сон показался ему короткой передышкой, так и не давшей отдыха телу. К полудню он заснул прямо на карьере. Его разбудил удар ногайкой по спине. Рыжий ментавр размахнулся, для нового удара, но Лагранж уже озверел и сам бросился на него. Он сделал прыжок вбок и прыгнул на лошадиную спину. Лагранж успел несколько раз ударить кентавра кулаком в затылок, прежде чем последний стал на дыбы. Лагранж схватился за его талию обеими руками и удержался. Получеловек схватил обеими руками кисть своего противника и рванул ее вокруг своего тела. Лагранж кубарем покатился с полутораметровой высоты.

Минуты две ментавр избивал его, выкрикивая гортанные ругательства.

Какой-то заключенный бросился к Лагранжу - накрыл его телом и выставил левую ладонь в сторону вертухая.

- Все господин! Он понял! Он был не прав! Он искупит! - кричал он.

- Пусть он сам скажет, - прохрипел ментавр.

- Давай, черт тебя возьми, говори!- прошипел каторжанин. - Это нужно!

Меньше всего лагранжу хотелось говорить это, но он все-таки выдавил из себя:

- да, я все понял! Я больше не буду!

Отвесив еще один удар ногайкой, ментавр отошел.

Заключенные поднялись.

- тебе что, жить надоело? - спросил подоспевший на помощь. Он оказался азиатом. Широкое, но осунувшееся лицо, широкий крепкий костяк, сухие, узловатые мышцы.

- Надоело, - ответил ему Лагранж.

- А, ну тогда извини, что помешал!- рассмеялся азиат. - Хотя, эт ты зря.

- Это не я, это они.

- Что они?

- Довели меня до того, что не хочется жить.

- Азиат усмехнулся. - Они ничего не значат. Главное - это ты.

- В смысле?

- В смысле, нечего тут стоять и ждать нового ментавра. Надо идти и работать.

Вечером татарин отозвал Лагранжа в дальний угол барака и протянул ему алюминиевую чашку, до половины наполненную какой-то мутной жидкостью.

- пей.

- Что это?

- Чифирь.

- Что?

- Какая разница? Пей, это надо.

Горячий чай обжег горло. Но это было не главное - настой был такой крепкий, что сушил рот и сводил язык.

- Дерьмо! - Лагранж попытался положить чашку на пол. Но татарин учтиво и все же настоятельно придержал его движением ладони.

- пей, - серьезно сказал он. - Это надо!

Лагранж кое-как допил.

Теперь будешь пить только это. Воду - только вечером, да и то мало.

- А днем? - оторопел Лагранж.

- Воздух есть? Дыши, охлаждайся.

Лагранж думал, что от такого чая он никогда не уснет. Но, к его удивлению, наутро он проснулся бодрым. По дороге к каменоломне Ахмед учил его:

- Сильно киркой не маши, ты не в театре. Замах сделай небольшой, силу вкладывай только на полпути кирки к камню. Понял?

- Да...

- И целься не на саму поверхность камня, а на полметра глубже.

Действительно, так работалось легче, но через полчаса привычка взяла верх.

- Эй, - окликнул Ахмед. - Это каменоломня. Комеди Франсе в другом месте. Вернешься туда, делай красиво. А здесь - тебе 10 лет работать. Делай как надо.

Делать нечего, приходилось переучиваться.

- Ты очень плохо носишь камни, - сказал вечером Ахмед.

- А нужно хорошо? - съязвил Лагранж.

- Да, нужно хорошо. Спину не гни, держи прямо. Лучше положить камень на плечо, чем нести его около пупка.

- Почему?

- Об яйца ударишь - детей не будет.

Несмотря на шутку, Лагранж послушал совет Ахмеда. Действительно, оказалось, что так уходит гораздо меньше усилий.

- Дышишь плохо, дня через три сказал ахмед.

- Вообще не дышать что ли?

- Почему? Наоборот! Дышать нужно хорошо! Ты чем дышишь?

- Грудью.

- Врешь, ты дышишь животом. Это плохо - в кровь кислород не идет. Хочешь быть как они? Ахмед мотнул головой в сторону спящих зэков. - посмотри: руки сухие, грудь впалая, спина горбатая. Не доживут.

- Хорошо, буду дышать грудью.

- Не будешь. Дыши спиной.

- Что?

- повернись.

Лагранж повернулся. Ахмед уперся ему в нижние ребра большими пальцами.

- Воздух должен идти сюда.

- Как он туда пойдет?

- Скажи "е".

- Е!

- Нет, долго скажи!

Лагранж затянул на одной ноте долгое "е".

- Хорошо, еще раз скажи, но чувствуй мои пальцы!

Когда в легких не осталось воздуха, Ахмед сказал.

- Хорошо! Теперь сюда же загоняй воздух!

Действительно, Лагранж почувствовал, как воздух идет в середину спины.

- Теперь дыши медленно. Когда я говорю раз, два, три - делай вдох. Когда говорю три, два, раз - выдох. Выдыхать нужно медленнее.

Через месяц Ахмед поставил ему дыхание, научил работать так, чтобы каждое движение совпадало со вдохом или выдохом.

Усталости больше не было.

- Нужно работать, чтобы стать сильным.

- морально? - спросил Лагранж.

- Нет, физически. Каменоломни - это хорошая тренировка. Хороший фитнесс-клуб!

Утром и вечером они варили чифирь. Заварку, сахар, сушенные фрукты и мясо Ахмед добывал своеобразно: его нанимали как громилу, чтобы выбить долги или чтобы защититься от беспредельщиков и подосланных на зону убийц. Дрался он быстро и здорово. Здорово и ножи метал, так что связываться с ним никто не хотел.

- Ты почему не хочешь жить? - Спросил он как-то за чаем Лагранжа.

- Почему? Хочу!

- Ни хрена не хочешь! То, что я говорю, ты делаешь, как из-под палки. Пока не скажу - не спросишь. Ты не знаешь, как называется река под нами, как называются горы, в которых мы живем, тебе неинтересно, куда идет этот мрамор и зачем он нужен. Ты ни разу не спросил, как называется та или другая трава. Только заметил, что чай из сушенных трав. А какие травы, где они растут - тебе неинтересно. Тебя посадили в тюрьму, ты и попал в нее. Где тюрьма?

- В Золандии, - попытался проявить свою расторопность ответил Лагранж.

Ахмед хохотнул.

- Неееет! Тюрьма вот здесь у тебя! - он щелкнул пальцем по голове Лагранжа. - Ты там ходишь вокруг одного и того же места. Слишком много думаешь.

- Да я постоянно думаю.

- О чем? как выжить? - деланно обрадовался Ахмед.

- Нет, о том, почему я здесь оказался.

- А что в этом такого? Я же тоже здесь!

- Но ведь со мной поступили несправедливо... И с тобой, наверное, тоже.

Ахмед рассмеялся.

- Запомни, - сказал он. - В природе нет понятия справедливо и несправедливо. Только жизнеспособно или нежизнеспособно.

- Значит, нужно отказаться от любви? Я же от этого стал слабее!

Ахмед сощурил глаза и покачал головой.

- Нет, ты стал сильнее, но только пока не понял этого. Ты как тот ребенок, которому дали палку, а он со всей дури ударил этой палкой по дереву. Знаешь что было дальше?

- Он сломал палку?

- Нет, ведь палка-то была железная!

- Тогда... Тогда...

- Ну, ну, ну...- подбодрил Ахмед.

- Тогда палка отскочит... И... И ударит ребенка!

- Прямо по лбу!

Лагранж усмехнулся.

- Значит, я получил палкой по лбу?

- Да! И набил такую большую шишу, что она твою голову к земле тянет, вон скоро носом хуй достанешь!

Лагранж рассмеялся.

- Но меня же приговорили к смерти... Десять лет, без права переписки.

- Ты жив?

- Жив.

- Тебе кто-нибудь говорил, что должен умереть? Кто-нибудь спрашивал, почему ты не умер?

- Нет.

- Тогда, почему ты должен умереть? Ты становишься сильнее, ты многому научился... Кто тебе сказал, что ты умрешь?

- Но ведь меня осудили ни за что!

- Совсем ни за что?

- За хорошее же осудили!

Ахмед покачал головой.

- Тебе еще повезло. Скажи, до того, как в тебя выстрелил этот парень из лука, что ты делал в жизни?

- Жил, как все.

- То есть никого не жалел, не любил, никому не помогал. Так?

- Да, наверное, так.

- Не наверное, а точно. Пешеходов зазевавшихся давил?

Лагранж кивнул. Потом добавил:

- И не только пешеходов. Еще был случай, ко мне в сад залезла девочка... она... да, она хотела сорвать цветок. Я выстрелил в нее электрошокером. Заряд попал, когда она была над электропроводом охраны.

Ахмед покачал головой.

- Тебе действительно повезло. На месте родителей этой девочки я бы отрезал тебе руки и ноги, а потом засалил бы заживо.

- Но почему наказание пришло не за это, не за ту девочку, а за другое , за помощь, за любовь... расплата пришла, когда я стал другим?

Ахмед снял с огня горячий чифир и разлил по чашкам.

- Ни черта ты другим не стал. Просто открылась новая сторона, которой ты раньше не знал. Так что тебе вдвойне повезло: расплата к тебе пришла тогда, когда ты можешь это оценить... Знаешь, у индусов есть обряд очищения от грехов. Очищение огнем. Есть очищение кровью. Но это все так, ерунда, всего лишь ритуал и не более... А тебе придется проходить очищение потом... может быть, и кровью. Но надо свое пролить, понимаешь?

Так что же дальше делать?

- Что делать? Да ничего! Жить, просто жить. Ты можешь выйти отсюда сильным и смелым человеком, а можешь - трусливым и подлым. Можешь вообще сдохнуть. Видишь, ты в тюрьме, а у тебя оказывается три пути. Выбирай! Ты свободен!

Глава 12. Из огня да в полымя

После разговора о необходимости займа мадам Вольта устроила скандал. Тем не менее, до нее дошло, что дом придется продать, иначе можно было потерять гораздо больше.

- Глупости, в тюрьму ты не пойдешь, - отрезала она.

- Придется. Дом за неделю не продашь.

- До чего же вы мужчины тупые! Сиди здесь, завтра у тебя будут деньги.

Но деньги появились уже этим вечером.

- На, держи. Здесь 2500... И не смотри так по-идиотски! Мне пришлось продать брошь от ДеБирз времен Негоро.

- Я... Я никогда не дарил тебе брильянтов от Де Бирз. Ни времен Негоро, ни после него...

- Ты точно идиот, - она всплеснула руками. - Конечно же, ты не дарил. А вот маркиз Де Сенев - так тот дарил.

Вольта рассмеялся.

- Все-таки неверные жены - это тоже некоторое преимущество.

- Ладно, ладно... - Смутилась мадам Вольта. - Только ты об этом никому не говори, а то меня еще возьмут по 32-й статье. Подумают, что я тебя люблю.

- А разве это не так?

Она едва не задохнулась. Глаза смотрели на него испуганно.

- Ты еще глупее, чем я думала, - прошептала она и поцеловала мужа.

Лишних 1300 империалов должно было хватить на то, чтобы протянуть месяц, который мадам Вольта собиралась провести где-нибудь на Гавайях

Однако деньги в "Черный пес" так нести и не пришлось. На следующие сутки после отъезда жены, а полночь, у Вольта зазвонил телефон.

- Алло?

- Вы меня не знаете, - сказал голос в трубке. - Я Мишель. Подружка Гийома. Срочно приезжайте на угол бульвара Ветеранов и ....

- В чем дело.

- Нетелефонный разговор.

Если бы он не продал машину! Пришлось брать такси и ехать по указанному адресу.

Здесь, у лавки под фонарем, он сразу увидел девушку в кожаной куртке.

- Притормози здесь, - велел он шоферу.

Водитель мерзко усмехнулся.

Краем сознания Вольта негодовал: неужели этот идиот не научился отличать проституток от экстремалок? Полный кретин.

- Вы Мишель? - подошел он к девушке.

- Да, идемте скорее... Гийом на той лавке, что в тени. Только вы не пугайтесь. Он живой.

Гийом лежал на скамейке. Волосы взлахмачены, дыхание слабое, руками он держался за низ живота с левой стороны.

- Поножовщина? - спросил Вольта.

- Нет, огнестрел.

- Ладно, оставайся пока здесь.

Таксисты - народ пугливый. Тащить раненного в салон - значит потерять машину. А заодно - и оповестить полицию. Вольта сделал вид, что снюхивает что-то с руки, потом смочил губы, и, улыбаясь , подошел к водителю.   Он чувствовал, что улыбка идиотская, неестественная, но это сейчас было к лучшему.

- Шеф, мы тут хотим сообразить на троих... Да это не главное... Хи... там мой любимчик... Он это... в стельку... Дурашка... Помоги его донести до авто... Плачу вдвое!

- Да он заблюет здесь все...

- Нет, нет... Он - лапочка. Плачу вчетверо!

- Куда вести?

- В Булонский лес.

Далекая дорога - большие деньги.

- Ладно, пошли.

Вольта опередил его на 10 шагов.

- Нож есть? - спросил он Мишель.

- Нет, только пистолет.

- Прекрасно! Приставь к его физиономии, чтобы не рыпался.

- Так, где твой голубок? - подошел таксист. - Эй! Какого хрена! Это же кровь! Мы так не договаривались!

Удар рукоятки в темя успокоил его.

- Так надежней, - объяснила Мишель.

Он занесли Гийома на заднее сиденье. Парень стонал при каждом повороте. Вольта привел машину к дому своего одноклассника - военному врачу в отставке.

- Жан, прошу тебя, - обратился он к бывшему другу. - Это -мой сын!

Флегматичный доктор с абсолютно лысой головой лишь пожал плечами.

- Какая разница? Если ему суждено выкарабкаться, то я помогу. Если нет, - то не моя вина. Несите его в кабинет.

Через полтора часа по заявлению избитого таксиста украденная машина была найдена. Полицейские ворвались в дом, рядом с которым Вольта припарковал такси. Они перевернули все верх дном. Вслед за бригадой криминальной полиции вошел комиссар Огюст. Льежец. На этот раз на нем был долгополый кожаный плащ.

- Ну и что? - обратился он к перепуганной семье ветеринара, в чьем доме шел обыск. - Сильно вас напугали мои недоумки?

Ветеринар еще не успел ничего ответить, когда вдруг зазвонил телефон в гостиной.

Старый врач поднял руку в сторону аппарата.

- позволите?

- О, да! Никаких проблем!

Сам Огюст сел на табурет в центре гостиной и задумчиво уставился на работу криминалистов.

- Это, кажется вас, - протянул через полминуты ветеринар трубку комиссару.

- Правильно, - Льежец резко встал со стула и подошел к аппарату. - Кого же еще должны беспокоить в 2 часа ночи, кроме как комиссара полиции... алло, слушаю!... Да, я понял... Хорошо, никакого преследования. Да, вернули... Да, понятно - банда извращенцев увидела парня с девушкой... Водитель? Нет, не пострадал, хотя, мы сейчас у ветеринара... Ну а кто же еще может лечить в такое время такого клиента... Хорошо, завтра я вас жду.

Он повернулся в сторону бригады сыскарей. Помолчал.

- Что ж, ребятки, Это не то, что мы искали. Можно идти спать. .. Ах да, доктор, вы не посмотрите, что там с нашим пострадавшим и скажите свое суждение.

Он махнул рукой в сторону таксиста.

- Пройдем в кабинет, -предложил доктор.

Через 10 минут таксист вышел от доктора.

- Ну и как? - спросил комиссар.

- все в порядке, - ветеринар сделал доверительные глаза. Легкое сотрясение, голова дня два поболит... Череп у него крепкий. Но вы знаете, этот малый...

- Да, доктор?

- Вы знаете, он редкий осел.

- Спасибо, у меня тоже были подобные предположения, но вы специалист, вам виднее... До свидания.

Уже садясь в машину, комиссар обратился к водителю:

Интересно, к какому виду животных этот доктор отнес меня?

Глава 13. Вечеринка

Первым всполошился Геркулес.

- Вы слишком бурно развернули деятельность, - сказала она Палладе.

- Я уже давно отслеживаю оперативно-общественную обстановку. Все может сорваться еще не начавшись. Да и на заседании кабинета министров премьер был очень доволен: среди горожан Магнуса назревает недовольство против подпольщиков.

- В чем выражается?

- Молодые люди отказываются от новых записей, сами сдают тех, кто распространяет музыку и литературу. Они говорят, что не хотят оставаться незащищенными.

Паллада кивнула. Это согласовалось с тем, что говорил ей Эрот: почему-то в последнее время все сложнее было распространить информацию в молодежной среде.

- полиция поощряет слухи о том, что мы всего лишь хотим использовать населения для того, чтобы добыть себе больше власти. Да и вообще люди не хотят, чтобы их вмешивали в дела богов.

- Хорошо, значит они уже начали против нас действия... Я жду тебя у себя на день осеннего равноденствия.

Кроме Геракла были приглашены так же и остальные заговорщики. У тайных служб не должно было возникнуть подозрений: этот день Олимпийцы всегда отмечали в семейном кругу . Менялось лишь место сборища. В прошлый раз собирались у аполлона. В этом году еще никто не вызвался предоставить свое жилище под симпозиум.

Собрание в доме Афины не предполагало особого удовольствия: все понимали, что вместо веселья их пригласили на совещание заговорщиков.

- У нас остается не так много времени, чтобы начать активные действия, - начала Паллада. - уже в середине лета началось недовольство среди наших потенциальных сторонников. Если так пойдет дальше, то мы можем лишиться возможности опереться на человечество.

- Это так, - согласился Дионис. - Насколько уж я далек от всего этого, но и мне пришлось наслышаться о гибели тех детей, которых пестовал Эрот. В деревнях только и разговоров о том, что олимпийцы подставили вместо себя детей.

- Этот парень, Че, стал событием номер один в этом году, - поддержала Артемида. - Многие его считают героем, другие - наивным чудаком. Но в любом случае, обвиняют именно неизвестных заговорщиков среди олимпийцев в том, что они якобы послали на смерть детей.

- Кстати, откуда взялась информация о том, что эту группу поддерживают и олимпийцы? - спросил Нептун.

- Из-за Эрота, - ответил Меркурий. - Он уже давно на примете у полиции со своими проделками и любовными похождениями...

Афина молча посмотрела в сторону Эрота. Тот виновато опустил голову.

- Не только из-за него, - вмешалась Афина. - Основная причина - среди нас. Кто-то сдал нас всех.

Боги встрепенулись. Такого поворота событий они не ждали.

- Но это конец.... - прошептала Деметра.

- почему тогда нас до сих пор не схватили? - спросил Нептун.

- интересно, кто это мог быть? - Бахус обвел всех взглядом.

Афина пожала плечами.

- В принципе, любой из нас. Я никогда не была в восторге от нашей семейки, так что, кроме Геракла все остальные попадают под подозрение.

- А почему Геракл исключен из списка? - удивился Меркурий. - Я требую справедливости!

- Пожалуйста, можешь подозревать и его, но ты сам знаешь, что он этого не делал. Я же говорю о себе: Геракла я не подозреваю.

Повисла тишина.

- И все же, почему нас оставили в покое? - повторил свой вопрос Нептун.

- Потому что пока нас не за что брать. - Ответила Афина. - Что сможет предъявить Тиран? Ничего, пустяки. Пожурит как детей, мы дадим обещание, что больше так делать не будем, вот и все. Уже через 2-3 года начнем все заново. Нет, он решил дать нам натворить таких вещей, после которых должно последовать только вечное заключение в Тартар.

- Может, действительно, переждать 2-3 года? - предложил Посейдон.

- Нет, - возразила Паллада. - если сегодня все прекратить, то мы точно потеряем всех своих сторонников. Придется ждать целое поколение. Которое не будут нас считать предателями.

- А у нас есть сторонники? - спросил Меркурий.

- Да, есть. - Ответил Геркулес. - Тут уж полиция сыграла и в нашу пользу. Распространяя слухи о заговоре, она дала понять людям, что среди олимпийцев действительно зреет заговор. У меня есть сведения о нескольких формированиях, которые продолжили дело Че. Я позаботился о том, чтобы в население просочилась информация о том. чем занималась группа Че. В этом же формате начали действовать и остальные. К тому же, общественное мнение колеблется между решением поддержать нас или обвинить в предательстве.

- О какой части общества ты говоришь? - поинтересовался Меркурий.

- Главным образом - маргинальная часть. Безработные, неустроенные в этой жизни, часть криминала, часть мелких торговцев. Одним словом те, кто во все эпохи совершал революции.

- И что ты предлагаешь делать? - спросил Меркурий.

- Я - ничего. Пока что мне отведена роль накопителя информации.

- Так что решать будет Афина?

- Нет, решать будет каждый за себя, - поднялась Афина.

Все недоуменно переглянулись. Да, оказаться в критический момент один на один с самим собой - не самое приятное решение.

- Это значит, что наш клуб самоубийц распущен? - спросил Меркурий.

- Нет, но нужно кое-что уточнить.

- Что именно?

- Насколько далеко может пойти каждый из нас.

- О! Я готов пойти гораздо дальше, чем вы думаете! - ухмыльнулся Меркурий. - На самую вершину Олимпа.

- А если в противоположную сторону? - спросил Эрот.

- Куда? В Тартар?

- Нет, к людям.

- Если ты не заметил, то я среди них и вращаюсь, - ответил Меркурий.

- Смею тебя уверить, среди них можно было бы добиться гораздо большего, чем с вами, будь у них больше доступа к власти... Они торгуют всем, и это приятно. Будь у вас столько же проницательности, сколько встречается у людей, мы бы добились в античном мире куда большего!

- Подожди, - прервал Бахус. - Что ты имел ввиду, когда говорил о том, чтобы пойти в противоположную сторону? - обратился он к Эроту.

- Потерять все, - ответил тот.

- Что значит все? - насторожился Меркурий. - Это может означать и очень мало и очень много. В зависимости от области определения.

- Гермес, нам не до софизмов, - прервала Паллада. - Посейдон, скажи мне, готов ли ты потерять то, что имеешь сегодня?

- Пост министра?

- Для начала - да.

- Ого! Каково же будет продолжение?.. - усмехнулся Посейдон. - Что взамен?

- Жизнь в трущобах и катакомбах, постоянные преследования. Одним словом, гражданская война.

Посейдон задумался.

- Одно условие, - сказал он.

- Какое.

- После того, как все это закончится, я возглавлю не только гражданский, но еще и военный флот.

- Как угодно.

- Хорошо, но я еще не слышал о продолжении. Что я должен потерять еще?

- О, сущие пустяки! - ответила Паллада. - Но сначала - остальные.

- Да, я готова, - ответила Артемида, которая уже грезила фаллообразными сталактитами и храмами в свою честь.

- Бахус?

- Да, на все сто. Мне уже надоело быть свадебным генералом! Эти крестьяне и так знают, что где, когда сажать, как реализовать продукцию и прочее... Так что отдых мне не помешает.

- Геракл?

- Я даже и думать не буду! Я не полицай! Эту должность я занимал только пока был нужен вам. Все, могли бы и не спрашивать.

- Меркурий?

Меркурий вздохнул.

- и зачем я нужен буду в таком качестве? Слагать песни на арфе? Кому-то же надо будет остаться в правительстве, чтобы вы имели источник информации. К тому же, если все пойдет не так, как хотелось бы, то вам понадобится опытный переговорщик.

- Ты опять торгуешься? - захохотал Посейдон.

- Да, представь себе! Если я не буду торговаться, то не будет торговаться никто! Все-таки, я - бог торговли.

- Я бы сказал по-другому, - продолжал веселиться Посейдон.- В торговле ты Бог!

- Это еще лучше, - согласился Меркурий.

- И все-таки? - настаивала Паллада.

Меркурий уже прокрутил всю комбинацию: выйти сейчас из игры - значит однозначно противопоставить себя всем. Но тогда - еще опрос кто возьмет первенство в борьбе, они или Сатурн? Согласиться? Пожалуй, можно. Но тогда придется поставить в известность этого козлоногого. Да, с ним не очень-то договоришься. А что дальше? Или Люцифер прикажет оставаться на посту министра или сделает из него двойного агента. Да, конечно скучать не придется... Но это - поставки оружия, переговоры с китайцами и прочее, и прочее... Если верх одержат олимпийцы, то у него, Меркурия будет гораздо больше сторонников среди смертных, чем у любого другого бога. Тогда можно будет занять место Царя богов... но каковы их шансы? Наверное, 1 к 20. Нет, друзья мои, нельзя ссориться с тем, у кого преимущество... пусть даже не будет карьерного роста - по крайней мере, ему будет дозволено гораздо больше, чем другим олимпийцам. Так что, да здравствует двойная игра!

- Да, - согласился он. - Я согласен.

- Деметра?

- Да, я согласна.

Афина была довольна, что ж, первый шар прошел успешно. Теперь осталось самое трудное.

- Это не все, - сказала она. - Нам придется отказаться от божественной силы и стать людьми.

- Это шутка? - подскочил Меркурий.

- Что? - не поняла Деметра.

- Вы сошли с ума! - закричала Артемида.

- Нельзя же так серпом орудовать! - закричал Бахус.

- Топим корабли в бухте, - проворчал Посейдон.

- Зачем нам тогда идти на жертвы? - спросил Меркурий. - Зачем это все, если в конечном итоге мы действительно потеряем все! Этого уже обратно не вернешь!

- Все не так драматично, - выждав сказала Афина. - Да, вы проживете земную жизнь. Благодаря особенности психики и закалке, которую вы получили, прожить сможете еще лет 100-150.

- Знаешь, сестричка, во сколько раз более длинной жизнью мы обладаем? - спросил Меркурий. - В своем сегодняшнем состоянии мы можем жить бесконечно долго. Если разделить бесконечность на 150, да хоть на миллион, то в результате мы получим бесконечность. Если напротив, 150 разделить на бесконечность, то есть два варианта ответа: либо ноль, либо пустое множество. Другими словами, ты предлагаешь нам в бесконечное число раз уменьшить жизнь, еще проще - ноль. А уж ответ на твой вопрос напрашивается с математической точностью: пустое множество! Все, просто пустое множество!

- Так что твой ответ...

- Да, пустое множество. Нет!

- Действительно, - поддержала Артемида. - Зачем мне терять все ради ничего?

- Как минимум, нерезонно, - вставил Посейдон. - Люди до сих пор не оставили надежду добыть эликсир бессмертия, а мы откажемся от этого? Я еще готов отказаться от тех нечеловеческих способностей, которыми мы все обладаем - мне хватит опыта и знаний... да и авторитета, чтобы все равно считаться богом, но бессмертие... нет, этот вариант для меня неприемлем.

- А что скажет Геркулес? - спросила Афина.

- Стоп! - возразил Меркурий. - Это не по правилам! Геркулес - не бог!

Геркулес хмыкнул.

- Да уж, я точно не бог... Полубог - да. Бессмертие мне было обещано за мои подвиги... Насмешка богов! Вы меня использовали как презерватив. Никто даже не вмешался, когда на меня наслали безумие. Ах, Геркулес - очень жаль, но у каждого свои проблемы... В итоге я потерял двух сыновей... Своей рукой! Черт бы вас всех побрал! Это ваше бессмертие убило в вас все человеческое! Боги! Какие вы, на хрен, боги! Вы же не знаете, не знали тех, кем правили. Ты, Афина, самая гуманная - всего лишь превратила пряху в паука! Да, сохранила жизнь, но надолго ли? Уже через год этого паука не было на свете! Дважды убила одного и того же человека! Ты, Нептун, тебя боялись, тебе поклонялись, но как ты обходился со своими адептами? Кому ты помог? Сколько жертвоприношений требовал? Ты потворствовал Артемиде, которая потребовала в жертву жизнь ни в чем не повинной Ифигении, чтобы выпустить греков в плавание! В результате - Клетемнестра убила своего мужа, а сама пала от руки сына!

-Ты не совсем все понял, - спокойно ответил Посейдон. - Мне не нужна была эта война. Греки разрушили самый развитый город в Азии. Поэтому я и поставил цену, которую, как я надеялся, они не смогут заплатить.

- Хорошо же ты знал людей! Они готовы заплатить за свою прихоть любую цену!

- поэтому я и перестал вмешиваться в их дела.

- как же! А кто 10 лет таскал Улисса по морям!

Посейдон хмыкнул.

- Ты хорошо начал, но плохо кончил, племянник. Тебе бы оставить в покое своего дядю и вспомнить про отца. Вот уж в ком не было ничего человеческого! Но ему все прощалось, потому что если бы не его энергия, я так бы до сих пор и переваривался в утробе своего папаши. Но ты прав, порой мы прощаем себе ошибки, просчеты, пороки... Что делать? И боги несовершенны.

Повисло общее молчание.

- Ну что ж, - вздохнула Афина. - Посмотрим, что мы сможем сделать.

- Ты поняла, что не найдешь поддержки своей идеи? - спросил Меркурий.

- Да, я это знала еще до того, как собрать вас здесь.

- Вот как? - удивился Меркурий.

- Да, поэтому нам придется договариваться с людьми без отречения.

- Ну, слава Олимпу, - выдохнула Артемида. - Так что, все продолжается.

Афина посмотрела на нее спокойными, испытующими глазами.

- Да, - произнесла она. - Все продолжается, и каждый из вас может добиваться того, чего хотел.

- Мы расходимся? - Спросила Деметра.

- Нет, нам нужно будет совершить небольшую прогулку.

- Куда?

- На заброшенную свалку автомобилей.

- Зачем?

- В 20-м столетии это называлось "встреча с электоратом".

На свалке их уже ждали около пятисот человек.

Боги подошли к толпе людей. Они очень отличались, эти две группы. Люди были одеты в старые, потрепанные одежды из "second hand", а боги - в костюмы из бутиков. "Одеты как боги!" пробежал по толпе смешок.

- Мы они и есть, - прервал их смех Меркурий.

Люди вдруг поняли, что с этими лучше действительно не шутить.

- Господа, - заговорил Меркурий. - Давайте перейдем к делу сразу. Вы знаете, чего хотим мы, и мы знаем, чего хотите вы.

- Не совсем так, господин министр, - вперед вышел довольно высокий человек в рабочем джинсовом комбинезоне и рубашке в крупную клетку. В зубах он держал сигару.

- Вот как? - изобразил удивление Меркурий. - Чего же вы хотите?

- Так разговор не пойдет. Сначала скажите, чего хотите вы. А то нам известно только то, что вам нужна наша помощь. Но вот зачем - нам никто не говорил.

- Может, скажете, чего хотите вы? Все-таки, vox populis - vox deis. Рабочий усмехнулся.

- Слишком много здесь сегодня собралось богов... Какого именно бога голос вы хотите слышать?

- Этот малый слишком дерзок, - подала голос Артемида. - Его стоит проучить.

Ох, неплохо было бы, чтобы именно так и произошло, подумалось Меркурию, но только не в этот вечер, когда от разговора с этими малым зависит отчасти и его судьба!

- Нет, ни в коем случае! - обратился он к сестре. - Этот человек говорит от лица людей. Можно убить разносчика правды, но что делать с самой правдой. Нас действительно здесь слишком много. Так чего вы хотите? - обернулся он к парню в комбинезоне.

- Мсье министр, меня не так-то легко запутать в разговоре, и не так легко запугать, мадам. Я сказал и готов повторить опять. Вам нужна наша помощь, но для чего - нам еще никто не сказал. И не надо меня путать, господин министр. Не мы искали встречи с вами, это вы нас нашли.

- Что ж, звучит резонно... Хорошо, я вам скажу прямо, но в ответ хочу услышать правду. Согласны?

- Господин министр, вы сами прекрасно знаете, что мы или ответим правду или не ответим ничего. Врать - нет смысла, потому что мы оговариваем свою награду. Если мы попросим то, что нам не надо, то это уже наша глупость.

"А этот парень умеет вести дело!" восхитился Меркурий. "Надо бы взять его к себе в аппарат!"

- Хорошо, господа! Итак, о наших целях. Мы хотим ни много, ни мало как свергнуть Тирана и его Премьер-министра.

- Зачем?

- О, это уже наше дело. Вы узнали то, чего хотим мы. Теперь Ваша очередь.

- Ошибаетесь, господин министр! Вы сказали, чего не хотите. Вы не хотите этого правителя и этого премьера. Но откуда нам знать, может новая власть будет еще хуже прежней? Может, вы заставите нас ходить на руках и вниз головой? Может быть, вы истребите полчеловечества или будете убивать каждого первенца... Может быть, вы запретите не только любовь, но и секс, а нас заставите кастрироваться и размножаться в пробирках? Какую власть вы нам предлагаете?

Теперь Меркурий знал, чего они хотят. Ну конечно - свободы! Всего лишь свободы! Что за черт дернул этого Люцайфера запрещать любовь? Как непрагматично! Так много лишних хлопот и так много лишних расходов! Мальчик любит девочку, и ... на этом его можно ловить, делать с ним что угодно! А от этих роботов чего ждать? Да, их легко обмануть, но и доверить им хоть что-нибудь - какая морока!

- О нет, дорогие мои, вы далеки от правильного ответа... Мы восстановим прежнюю систему управления. Наш ставленник будет гораздо более... гуманен... Ведь наш предводитель в этой борьбе - Эрот, бог любви! Мы дадим вам право любить и быть любимыми, мы вернем вам историю, мы откроем те сокровища прежней культуры, которую от вас скрывали... Свобода, равенство, братство! Чего вам еще нужно?

- Кто будет править в Тирании?

- Я думаю, мы это решим путем тайного голосования.

- Мы - это вы или вы и мы?

"Хороший вопрос!" подумал Меркурий. И он уже знал следующий: будет ли это бог или человек? Нельзя доводить до этого вопроса! Нужно как можно быстрее переключить его на другую тему!

- Это очень далекие планы, - сказал он. - Мы еще не знаем, что будет с Тиранией после смены власти... Останется ли она в тех же размерах или придется разбить ее на независимые государства... Мы не знаем, как поведет себя во время переворота Китай. Я не исключаю возможности того, что придется назначать временное чрезвычайное правительство, а вместо должности президента вводить должность председателя комитета обороны...

- Вы уходите от ответа, мсье министр! Но я скажу вам, что будет дальше: вместо старого Тирана всегда к власти приходят те, кто инициировал смену власти. Так что к власти придете именно вы, бессмертные боги.

- Ну, я бы не стал говорить так определенно...

- Давайте рассуждать здраво. Вам и так ничего не стоит перекроить империю по своему вкусу. Единственное, что вас сдерживает - это еще большая сила Тирана и Сатаны. Но они уйдут, и власть окажется в ваших руках. Навсегда, навечно. В отличие от Сталина, Мао-Цзэдуна, Суллы и цезаря вы никогда не умрете. Храмов в вашу честь станет неимоверно больше. Вы потребуете больше жертв и больше повиновения... мы же останемся рабами.

"Все-таки, этого парня стоило бы взять к себе пораньше... или уничтожить".

- Так чего же вы хотите? Вы сказали о том, чего не хотите гораздо больше, чем мы.

- Мы хотим сами управлять своей судьбой. Коль скоро вы боги - то ваше место в душах людей, а не в министерских креслах.

- Ну, это большой вопрос.... Когда мы, наконец, возобновим обучение истории, то вы убедитесь, что человеческое правление никогда не доводило до добра... Собственно то, что мы наблюдаем сегодня - это есть результат вашего правления... Это люди довели планету до того, что она оказалась во власти Сатаны. Не так ли?

- Да, так. Но вы ему сегодня служите так преданно, как люди не служили Вам.

- В этом вы правы! Не могу не согласиться! Вы не способны на преданность! Вы всегда предавали друг друга! И при этом ни разу предательство не вознаграждалось. За тридцатью серебряниками очень скоро следовала осина!

- Но и вы не отличались этой добродетелью! - отпарировал парень. - Вы всегда шли на поводу своих чувств. Так что, давайте, не будем препираться.

- Хорошо, так чего же вы, наконец, хотите?

- Мы хотим, что бы вы стали такими же людьми, как и мы. Иначе получается, что вы таскаете каштаны нашими руками. И мы будем гибнуть за вас, приносить в жертвы своих друзей, мы будем убивать себе подобных и вы будете убивать нас. А в итоге мы останемся в дураках.

"Vou a la"! От чего ушли, к тому и пришли. Только в гораздо худшей форме...

- Простите, но ваше предложение неприемлемо, - заявил Меркурий. - Вы требуете, что бы мы стали смертными ради вас. Что бы мы изменили свою природу... Но, поверьте мне, уж лучше я подожду своего часа и в течение ВЕЧНОСТИ обрету свою свободу, чем эту вечность потеряю.

- Что ж, мсье министр, тогда нам не по пути.

- Но как вы собираетесь добиться своего без нас? Мы уже однажды одолели Хроноса, теперь это еще легче! Вы без нас не справитесь!

- Не заблуждайтесь насчет нас! Мы привели Сатану в этот мир, мы его и выдворим... Вы можете ждать своего часа целую вечность, а у нас этой вечности нет! Так что нам не по пути.

- Погодите, - вступила Паллада. - Не стоит спешить. Вы ознакомились с нашими доводами, а мы - с вашими. Обдумайте все. Мы вас ждем здесь же ровно через три дня.

Парень вытащил, наконец изо рта сигару и выбросил ее.

- Что ж, время на разговоры пока есть. Но не думаю, чтобы все изменилось. Всего доброго.

Люди развернулись, и, уходя запели:

Никто не даст нам избавленья:

Ни бог, ни царь и ни герой.

Добьемся мы освобожденья

Своею собственной рукой!

- Вот мерзавцы! - вскипел Меркурий, когда колонна удалилась. - И ведь точно добьются!

- надо их уничтожить! - решила Артемида. - Я этим займусь!

- Умерь свой гнев! - вмешался Посейдон. - С этими людьми, по крайней мере, есть какой-то контакт. Если уберем их, то следующий раз придется ждать пока появится более ли менее устойчивая и дееспособная группировка. Лучше хоть такие сторонники, чем вообще никто... а уничтожить их мы всегда успеем.

- Я прошу вас не расходиться, - попросила Паллада. - Сегодня начался сбор винограда. А Бахус привез отменное вино.

- О господи! Я сейчас точно взорвусь! - Меркурий воздел руки к небу.

- Каким вином ты собираешься восстановить мое душевное равновесие, моя богиня!

-У побережья Таврии недавно подняли затонувший корабль, везший вино из Сарматии в Элладу. Это доброе вино до такой степени загустело, что одного грамма достаточно развести в полулитре воды. Таким коктейлем человека можно упоить до смерти!

- О да! На это я пойду! Доставлять себе удовольствие тем, что людям - этим неблагодарным тварям - доставит смерть! Позволь, я догоню этих певунов и приглашу того парня выпить с нами!

Шутка вызвала облегчение, и было решено вернуться к Афине.

В черных от вина бокалах отражались свечи. Боги курили сигары с примесью фимиама, пуская дым в потолок, разрисованный сценами из Троянской войны. В огромном камине трещали березовые дрова. Можно было ни о чем не думать и спокойно наслаждаться осенним вечером. Но напускное равнодушие, которое все стремились перевести в реальное, нарушил Бахус.

- У меня небольшой вопрос! - подал он голос.

Меркурий сморщился и застонал. Артемида подняла глаза вверх и вздохнула.

- И все-таки Карфаген кому-то нужно было разрушить...

Деметра вжалась в кресло, Геркулес хохотнул. Посейдон оставался спокоен, как океан в зимний штиль.

- Да, говори, - произнесла Афина.

- Если мы возглавим this part of our known world, то как мы поступим со свободой религии?

- Естественно, объявим полную свободу религии! - ответила Афина.

- Бла!

- Что значит "бла"? - недопоняла Деметра.

- Спроси у Меркурия, он все тебе сам расскажет.

- Меркурий?

Гермес хлопнул себя по колену и расхохотался.

- Да, ребята, вы влипли! Если объявить свободу религии, то, боюсь, долго мы не протянем!

- В чем дело?

- Монотеизм, - ответил Меркурий. - Простая человеческая расчетливость: зачем поклоняться нескольким своевольным, сластолюбивым, властолюбивым, честолюбивым, похотливым, завистливым, порой - трусливым, порой - невоздержанным в пище, подверженным вспышкам гнева богам, если можно подчиняться одному, святому, совершенному Богу? Который, к тому же, еще и всемилостивый, всепрощающий! И экономически дешевле: он не требует жертву, а просит милости! То есть, давай, когда сможешь и если сможешь. Да и как давать! Не надо сжигать сто быков на гекатомбе. Достаточно кинуть грошик бедной девочке и увидеть радость в ее глазах! Нет, мы определенно не выдержим конкуренции!

Он направился к вешалке, чтобы снять свое пальто и широкополую шляпу.

- Значит, наше бессмертие - фикция?

- Увы! - буркнул Меркурий, надевая шарф, и перекидывая через руку пальто.

- Но тогда, зачем нам все это нужно?

- Надо было спрашивать с самого начала! - ответил Гермес и снова вышел в середину зала. - Вас подловили на ваших слабостях. Ты, Посейдон, попался на своей гордыне и алчности. Тебе мало было флотов всего мира, нет, еще и военный флот тебе подавай! Я не сомневаюсь, что ты в своем деле - бог. Но, знаешь, лучше синица в руках, чем утка под кроватью. Ты, Артемида, решила возобновить празднества в свою честь. Да еще какие! Кровавые! Похоть и честолюбие! Привет тебе!

Он перевел взгляд на Деметру.

- Одного не пойму, Деметра, зачем ты цеплялась за свое бессмертие. Тебе по дороге с ними. - Он кивнул в сторону Афины и Эрота. - Подумаешь, бессмертие! Тебе оно не нужно! Ты и так никогда не была особо решительной и волевой, не участвовала в наших интригах. А тут могла бы еще при жизни словить все бонусы - отрекшаяся от бессмертия богиня! Первая! Храмы в твою честь и все такое... богиня-самопожертвовательница! Но, не решилась. Страх, Деметра. Страх смерти! Он силен!

- А что же обо мне? - спросила Афина.

- Жажда битвы. Жестокость. Да, Афина, я тебя переоценил...

- Ну, тогда что ты скажешь обо мне? - спросил голос из-за спины Меркурия.

Глаза бога округлились. Голос... этот голос отдавался в его груди трепетом. И не только в его.

- Не может быть...

- Так что обо мне?

Меркурий поднял свою шляпу на уровень груди, делая вид, что стряхивает пылинки. Он улыбался, прищурив свои глаза, в то время как все остальные застыли.

- Ты всегда делал вещи, которые мне были непонятны... Я думаю, что тобой двигает простое любопытство. Ты захотел попробовать, каково это - быть человеком. Только, - он надел шляпу и обернулся, - не переоцениваешь ли ты свои силы, отец?

Встретиться с людьми во второй раз решили Афина, Эрот, Артемида, Посейдон, Вакх Деметра, Флора и Фауна. Посейдон и Вакх сами решили отречься от своей силы.

- По крайней мере, я не буду зависеть от прихоти сатаны, - решил Вакх. - Когда он проиграет - неизвестно. А так, по крайней мере, я гарантирую себе 150 лет жизни.

Посейдон тоже придерживался этого мнения. а остальные просто пошли за Зевсом, просто потому что привыкли повиноваться ему.

Однако к назначенному сроку не явился Гермес.

Зевс мрачно усмехнулся. Что ж, этот парень никогда не попадал в такие ситуации, чтобы не иметь как минимум две альтернативы. Он еще успеет примкнуть к олимпийцам, если они нчнут одерживать верх, но если дела пойдут плохо, то он себе гарантирует теплое место.

- Что за шутки? - встревожилась Деметра. - Он же всех нас сдаст...

- Он и так нас сдал, с самого начала, - заметила Афина.

- Как? - всполошилась Артемида. - Но это значит, что мы все обречены.

Посейдон засмеялся.

- Ну, уж нет! Напротив! Нам теперь гарантировано помилование в случа провала!

- Что за вздор! - возмутилась Фауна. - Если все наши планы известны....

- О, не спеши моя милая, - продолжал Посейдон. - Этот парень мне начинает нравиться все больше и больше... Скажи-ка братец, какую цель преследует Гермес?

Зевс тряхнул плечами.

- Он всегда хотел стать царем на Олимпе.

- Вот-вот! Он постарается так выслужиться перед Люцифером, чтобы тот отказался от Хроноса, а тираном назначил бы его самого.

- А нам то что с этого? - нетерпеливо спросила Артемида.

- Как что? Твоему братцу нужно общество, чтобы блистать... В случае своей победы он вернет тебе бессмертие!

- А в случае своего поражения? Если Сатана решит плюнуть на него?

- Тогда он тем более вернет тебе и бессмертие и силу...

- Почему только мне?

- Ну, не только тебе, а всем нам... Ему понадобятся сообщники для дальнейшей борьбы!

- Но поддержим ли мы его? После сегодняшнего предательства?

- А куда вы денетесь? - снова рассмеялся Посейдон. - Он станет единственной соломинкой, за которую в сможете удержаться!

- Это так? - спросила Деметра у Афины.

- Да, так.

- Теперь я понимаю, почему он так уговаривал нас не отрекаться... Он же все время был с Хроносом заодно! И ты это знала Афина, я помню твой взгляд, когда ты смотрела на Гермеса!

- Да, знала...

- Но тогда почему ничего не сказала! Мы бы могли прижать его к стенке!

- А зачем? - спросил Бахус. - Тогда Афина не смогла бы им манипулировать. Ведь так, Паллада?

- Да, так.

- Ну и дети у тебя! - прогрохотал Посейдон. - Скажи-ка, Зевс... ну Афина, понятно, вы всегда с ней были как отец с дочкой... Но Гермес... Почему он тебя так и не смог подвинуть с Олимпа?

-Средство у меня от него есть.

- Какое?

- Резьба... левая.

На этот раз людей пришло больше.

- Так что вы решили? - спросил тот же парень в клетчатой рубахе.

- Мы готовы принять ваши условия, если вы готовы принять наши, - ответила Афина.

Парень немного опешил. Он ожидал, что боги не согласятся. Терять все, не оставлять ничего себе, сжигать все мосты ради... А ради чего?

Ради власти? Но терять бессмертие и сверхъестественную силу! Нет, он не понимал, и от этого растерялся.

- Хорошо... Какие ваши условия?

- Мы все это затеяли, мы и будем руководить борьбой до конца...

- Согласен...

- Далее, в случае победы, править землей останется один из нас.

- Но это....

- Да ладно тебе! - закричали из толпы. - Они же за нас идут!

- Хорошо... Но на какой срок и как будет меняться власть?

- Это решим мы с вами вместе.

- То есть, придется созывать парламент?

- А вы против?

- Да нет, мы за...

- Тогда разойдитесь метров на сто от нас.

толпа разошлась. Олимпийцы стали вкруг и наклонились к центу. Послышались заклинания. Шепот нарастал по мощности. Через минуту этот шепот слышался везде, по всему Магнусу люди просыпались от непонятного шепота, из который, казалось был соткан из воздуха и темноты. Тем временем по небу бежали облака. Без ветра они закрутились в огромную тучу и закрутились с огромной скоростью

Шепот перешел в протяжный звук. Низкий женский голос все нарастал и нарастал...

В небе начали сверкать молнии. Со всего города и окраин к кругу олимпийцев полетели желтые сухие листья. Они закружились в ту же сторону, что и туча, скрыв олимпийцев за огромной стеной, уходившей высоко в небо.

Наконец голос достиг верхней ноты, резанул по ушам...

В городе разбились все окна... Туча сверкнула тысячью молний...

Лиственный столб вспыхнул ярким пламенем, которое побежало

снизу вверх, освещая мгновенным нестерпимо ярким светом на пять километров все вокруг.

Как только стали видны олимпийцы, они резко выпрямились и прогнулись, устремив глаза к небу. Из их глаз, груди, ладоней животов и ног вышли лучи света. Из груди каждого вдруг вырвались огненные шары, которые столкнулись в центре круга, ушли в землю, огонь по спирали побежал вверх и исчез в ночном небе.

- Вы все видели, - сказала Афина людям. - Теперь мы такие же, как вы...

Глава 14. Изнасилование

Старший сержант десятого десантного батальона в отставке Эдвард Гарднер во время службы в Иностранном Легионе сумел заработать достаточно денег для безбедного существования. Он держал уютный особняк под Марселем и все время посвящал любимому занятию - разведению бельгийских овчарок малинуа.

Его всегда раздражало то, что этих псов во Франции старались вырастить узкокостными домашними ублюдками. Ширококостных и свирепых питомцев Гарднера с охотой брали и детективные агентства и полиция, и охрана крупных предприятий. Собак Гарднер готовил по трем профилям - караульно-охранная служба, работа по следу, поиск взрывчатых веществ. Больше всего покупателей привлекала цена, так как Гарднер большей частью занимался собаками не столько ради бизнеса, сколько ради собственного удовольствия. Его состояния вполне хватило бы для безбедного существования в течение 300 лет.

В иностранный Легион Гарднер попал случайно. В детстве он воспитывался у тетки, муж которой обладал тремя существенными недостатками: он был бабник, футболист и француз. Ливерпульская команда не жалела, что за сравнительно небольшие деньги приобрела юркого правофлангового полузащитника. Зато тетушка Эдварда не раз горько жалела о приобретении мужа-"легионера": Мишель мог неделями пропадать на "тренировках" в период межсезонья, мало уделяя внимания духовным, физиологическим и финансовым потребностям своей благоверной. Бедная тетушка эмили провела не один вечер за вышиванием. Ну и не только вышиванием... Однако, когда Мишель возвращался, во всех соседних окнах горел свет и шли оживленные пересуды. Еще бы! Не только девицы и вдовушки, но и вполне замужние женщины завидовали тому, как эта смешанная парочка по трое суток не выходила из своего уютного домика. Даже в дневное время в спальне Мишеля и его рыженькой (pardon, огневолосой супруги) горел красный абажур.

За 10 лет в англии мишель так и не смог привыкнуть к неторопливому распорядку жизни островитян. Зато его супруга вполне освоила французский для того, чтобы читать куртуазную литературу. Когда годы взяли свое, и маленькая Эмили уже не настолько возбуждала Мишеля, он бросил ее с малышкой Сюзен, а сам укатил домой в Марсель.

После отъезда Эмили вспомнила о своей младшей сестре, у которой подрастал сын- ровесник Сюзен. Две одинокие родственницы решили отныне жить вместе, чтобы облегчить процесс воспитания детишек. В общении с кузиной Эдвард овладел французским, а от тетушки, несмотря на всю ее ненависть к футболу, узнал много нюансов этой игры.

Совместное изучение французского и чтение литературы, которую родительницы прятали не очень умело, спровоцировало интенсивное развитие детишек. К 14 годам они успели переспать со всеми одноклассниками и одноклассницами. Однако, по словам Эдварда, он получил "горчичник" за неспортивное поведение: родительницы узнали, что перед тем, как затащить сверстницу в постель, Эдвард демонстрировал на своей сестре, насколько это увлекательное и красивое занятие, в котором нет ничего страшного.

Дабы вернуть мозги Эдди на место, на семейном совете было решено отправить его в военный колледж.

По началу руководство колледжа было в восторге от рослого паренька, здорово игравшего в нападении. Потом восторг сменился терпением, которое, однако лопнуло через полтора года. Одно дело закрывать глаза на ночные самоволки в город - ну не удержишь парня в трусах приличия!- и совсем другое - недельное дезертирство в преддверии главных учений года.

- Ces't la vite, - сказал сам себе Гарднер, получив на руки приказ об отчислении из колледжа. Не желая разочаровывать своих родственниц преждевременным и нежданным появлением, он присоединился к янгстерам, баламутившим по всей округе.

Вдоволь покуролесив, Эдди вдруг зажегся желанием попутешествовать. Денег, однако, у него не было. Зато в наличии были отвага, знание двух языков и навыки военного дела. Через интернет он вышел на иностранный легион, прибавив себе 2 года к паспортному возрасту. Ему на почту пришло письмо с указанием названия корабля, на котором можно было добраться в Дувр.

В легионе никто не стал допытываться, сколько лет этому парню, который и так был выше всех своих сверстников. Ему хотели сразу присвоить сержантские лычки. Но майор Давидофф решил, что слишком молодой командир отделения еще не опытен и достаточно беспечен. Звание ему все же присвоили, однако вместо того чтобы командовать отделением, Гарднер отправился в отряд кинологов, где ему вверили в подчинении восемь ног, четыре глаза и два хвоста, принадлежавшие щенкам овчарки. Гарднеру пришлось с самого начала обучать щенков всем навыкам собаки -сапера. Самого Гарднера обучал капитан Мецдорф.

Через три года Гарднер возглавил отделение штурмовой бригады. Вот тут ему пригодились все те навыки, которые он приобрел в течение всей своей жизни. Он знал каждого бойца и, как капитан футбольной команды, ставил его именно на ту позицию, где от него было больше проку; он чувствовал, где могут быть расположены мины и заряды; во время увольнительных он без труда кадрил девчонок не только для себя, но и двоих-троих солдат из своего отделения. Одним словом, его авторитет рос и в глазах начальства и в глазах сослуживцев.

В отставку он ушел через 20 лет после начала службы. Из армии он забрал своего любимого пса Дэрниера. Человек и собака уходили на гражданку на пяти ногах и с тремя глазами на двоих.

- show must be over, - прокомментировал свое увольнение Гарднер.

- Брось, Филипп! Кому нужна твоя техника!

- А как ты собираешься пробиваться дальше? С твоими корявыми пальцами дальше паперти показываться стыдно!

- Да ладно тебе! Есть у нас место, есть деньги на каждый день- вот и хорошо! Или тебя все в париж тянет?

- Представь себе - тянет!

Пор гитариста Филиппа с ударником был привычным делом. Филипп никак не мог не мог смириться с тем, что ему всю жизнь предстоит бренчать в кафе марсельского пригорода, забавляя местных охламонов и подгулявших матросов.

- Вы ребятки, оба не правы, - старый клавишник Джером опрокинул в рот стакан арманьяка и смачно выдохнул.- А-а-а...

Он поставил стакан на синтезатор и, скрестив пальцы обеих рук, хрустнул суставами.

- А что ты прикажешь делать? Гнить здесь? - повернулся к нему Филипп.

- Нет, ведь я же не сказал, что прав Серж, Но и техника, ребятки, тут не главное.

- Ну, опять начинается...

- Да, молодой человек, начинается. Если вы хотите сделать карьеру, то у вас должно быть одно из трех: или деньги на раскрутку, или смазливая мордашка, чтобы ублажать влиятельную сожительницу (или сожителя), или...

- Что или?

- Кураж! Кураж, monsiur!

Джером пробежался пальцами по клавиатуре.

- Играть следует так, чтобы заниматься сексом с каждым, кто находится в твоем зале.

- Что за белиберда! Ничего кроме разврата в твоих словах нет.

- О, как вы молоды и неопытны! И как же вы далеки от музыки!

Джером наиграл мотив "Веселой девочки. Пальцы бегали по клавишам с математической точностью, словно они принадлежали не человеку, а машине. Ни одной ошибки, ни одной лишней ноты, ни одной лишней паузы. Лицо Джерома выражало сосредоточенность и строгость.

 - Вот это я понимаю, это музыка, - одобрил Филипп.

- Музыка? Это всего лишь техника.

Джером достал из под синтезатора бутылку, отпил из горла, и поставил её на синтезатор, рядом со стаканом.

- Сколько раз я говорил! Не ставь на электронику жидкость! - заорал Филипп.

- Обижаете, молодой человек. Если я пью арманьяк, то в емкости не остается ни капли.

Он тронул клавишу.

- Итак, вы слушали технику. А теперь - он понизил голос, - музыка.

Он закрыл глаза и начал играть. Лицо было совсем несерьезным. Оно выражал только одну эмоцию - сладкое предвкушение чего-то. Ритм шел по нарастающей. Джером раскачивался, тело совершало движения, которые Филипп считал неприличными - уж больно они напоминали движения в сексе.

Но странное дело - чем ближе к финалу, тем большее напряжение и радость были в музыке. На предпоследнем рефрене Джером высунул язык, пальцы его бешено закрутились. Зал уже давно неистовствовал. И Джером чувствовал это. Проигрывая хук, он вдруг странно напрягся. Импровизация была бесподобной - Филипп задрожал, зал замер. Пошла последняя нота... Нет, не последняя! Еще две, три... разрешение и пауза. В начале последнего рефрена зал загудел, заорал: "Браво! Бис! Джером! Сарая сволочь! Чтоб ты сто лет жил!" И, тем не менее, джером все еще играл. Его отпустило. Он открыл глаза и улыбался в сторону Филиппа, показывая свои редкие желтые зубы. Глаза были ехидно-добрыми. Филипппу захотелось поцеловать его седую голову с взлохмаченной шевелюрой.

Конец рефрена прошел как бальзам по ранам. Музыка убаюкала. Аплодисменты в зале стояли минуты две.

- а ну-ка, дайте промочить глотку старому Джерому, - прохрипел клавишник. Опрокинув принесенный стакан, он повернулся к Филиппу.

- А теперь, малыш, скажи, что ты чувствовал, когда я тут занимался сексом?

Филипп понял, что сейчас он играть не сможет. Просто руки не хотели брать гитару.

Джером похлопал его по плечу.

- Ладно, парень, отдохни. Зарядим пока музыкальный автомат.

Публика уже успела отойти от возбуждения, насыщая тягу к искусству алкоголем за стойкой бара и у столиков.

- Эй, малыш, - обратился Джером к Филиппу, указывая стаканом на открывающуюся дверь. - я знаю, что тебя успокоит. Вон смотри, этому парню нравятся твои вещи. Вот для него сегодня и играй.

- После того, как ты трахнул весь зал?

- Ну-у... - закинул голову Джером. - не все сразу. Ты уже сделал первый шаг. Поверь! По кирпичику дом складывается. Давай, давай, делай, то, что ты умеешь делать хорошо.

Действительно, Гарднеру нравились этот бар и музыка. Он предпочитал слушать что-то новое, то что еще никто не слышал.

Поэтому он часто посещал те места. Где играли начинающие группы. И поиски его порой были удачны.

Как обычно он занял свое место у стойки, с которого мог просматривать весь зал и вход со стеклянной дверью. После первой композиции он как и всегда, поставил пиво всем членам группы. Под вторую мелодию он взял двойную водку с лимоном и тихонько потягивал ее через соломинку. Да, служба в десанте приучила его пить крепкие напитки.

Он уже расслабился, когда увидел сквозь дверь, что перед баром остановился темно-синий Феррари. Из машины вышла женщина. Обычная красивая женщина. Под узкими тонкими джинсами угадывались стройные ноги шелковый пиджак в стиле батик покрывала боа из шиншиллы. Голову покрывала шляпа "борсалино", на ногах - туфли из крокодиловой кожи с высоким каблуком. И зачем высокий каблук, если она всего на пять сантиметров была ниже Гарднера.

Как только она вошла, Гарднер сразу же понял, что женщина остановится около него. Действительно, заняв табурет по соседству, она заказал Абсолют с тоником.

Взяв стакан, она повернулась спиной к залу и полуоблокотилась - полулегла на стойку.

- Неплохая музыка, - сказала она, явно обращаясь к Гарднеру. - есть у них искорка, но слишком уж неуверенная игра.

- Вы находите?

- Да, обратите внимание на гитару. Нет акцентуации. Парень играет так, как будто бы он робот, а не человек. Ля-мажор, си-минор, ре-минор... какая разница между звуками? Он ни о чем не хочет рассказать.

Гарднер слегка удивился: с чего это обладательница Феррари заехала в третьеразрядный бар на окраине? И не просто богатая штучка - она неплохо разбирается в гитарной технике. Не место ей тут...

- Для меня разницы нет, - признался он. - Все ноты мне нравятся. Они звучат размеренно, нефальшиво, так что мне это нравится.

- О, вам нравится размеренность?

- да, конечно. Я же все-таки англичанин.

- Ха-ха.. Пунктуальный англичанин в марсельском баре размеренно пьет виски, размеренно слушает размеренную музыку, размеренно уходит с новыми женщинами и размеренно забывает о них на следующее утро... Не слишком ли много размеренности?

- Размеренность или есть, или ее нет.

- И вам нравится такая размеренная жизнь?

- Она меня не раздражает.

- Ну. Суде по вашей хромоте, вас когда-то возбуждали приключения.

Гарднер взглянул на левую брючину, скрывавшую протез, и усмехнулся.

- Да, вот видите, к чему приводит отсутствие размеренности?

- И вы не хотели бы вернуть времена приключений?

- Нет.

- И вас ничто не могло бы вернуть?

- Не в обозримом будущем.

- В смысле?

- В смысле, пока я не смогу вырастить новую ногу. На одной далеко не убежишь.

-Тем не менее, я думаю, что могла бы заинтересовать вас.

- Чем?

- Новыми приключениями.

- Едва ли.

- А если я попробую вас удивить.

- Смотря чем.

- Вопросом.

- Это уже интересно... попытайтесь.

- Сколько человек нужно для того, чтобы вывезти президента из Кейптаун-Хиллтон?

От благодушного настроения Гарднера не осталось и следа.

- Кажется, мне пора домой.

- Неужели вопрос неинтересный?

- Нет, неинтересный. Из числа риторических. В Кейптауне уже лет 10 нет президента.

- Но ведь был?

- Совершенно верно. Однако то, что было 10 лет назад, уже никого не интересует.

Гарднер расплатился и вышел из бара.

Он снялся на своем леопарде со стоянки и выехал на шоссе. Здесь он съехал с обочины и выключил фары.

У него было время, чтобы вспомнить.

Глава 15. Последний диктатор

Команда на уничтожение президента Негоро поступила от управления секретной полиции Империи. Это было явным нарушением: части 10-го батальона, размещенные в Южной Африке, подчинялись только Африканскому штабу Иностранного легиона и генерал-лейтенанту Ли Чжанфэнь.

Представитель тайной полиции генерал-лейтенант Гарсия решил действовать через голову Чжанфэня. Он подошел напрямую к полковнику Немировски и показал приказ, подписанный Тираном.

Немировски потребовал оповестить штаб легиона, но Гарсия предоставил ему другой приказ, подписанный Тираном, отданным напрямую полковнику Немировски. Этот приказ запрещал оповещать армейское командование, и предписывал в рамках операции по ликвидации Негоро подчиняться исключительно Гарсия.

Немировски все это ужасно не понравилось. Во время учений он подозвал к себе Гарднера, который к тому времени дослужился уже до лейтенанта.

- Послушай, сынок, ты хочешь вернуться живым из этой заварушки?

-Да, пожалуй.

- Я тоже. Поэтому я должен погибнуть.

- Не понял, monseur!

- Сейчас поймешь. 2 года назад подобная операция проводилась и в Гватемале. Уже после ликвидации президента Гомеса командир первого батальона инфантерии Родригес рассказал мне, что к нему пришел в письменном виде такой же приказ, как и мне. Родригес удачно провел операцию, но никак не мог понять, почему не ставилось в известность армейское начальство.

- Но ведь был приказ.

- Вроде бы, да. Но когда у Родригеса потребовали отчета о его действиях, он не смог найти этот документ. Его арестовали по обвинению в самоуправстве. По дороге в военную тюрьму Родригес был убит при попытке к бегству. Пять офицеров, подчинявшихся Родригесу, которые видели этот документ, погибли при непонятных обстоятельствах в боях против повстанцев в Венесуэле.

- Понятно.

- Так что на тебя ложится обязанность убить меня и президента Негоро.

- Почему я? У нас полно снайперов!

- Нет, нужен тот, кто умеет обращаться со взрывчаткой.

- Спасибо за доверие. Но ведь есть у нас и саперы, а не бывшие инструкторы, которые закладывали главным образом учебные мины.

- Саперов начнут шерстить в первую очередь.

Гарднер кивнул.

- Хорошо, устроим взрыв в гостинице?

- Нет, лейтенант, это не годится. Взрыв должен произойти на глазах у генерала Гарсия, чтобы у него и сомнений не возникло в моей смерти. Поэтому нужно будет взорвать вертолет, на котором, якобы улетим я и Негоро.

Гарднер присвистнул.

- И все-таки, может лучше посоветоваться с саперами?

- В этом деле главное - молчание.

Гарднер понимающе кивнул.

Действительно, начальник саперов Курт-оглы слыл самой большой сукой среди легионеров в Южной Африке. Ходили слухи, что он продает взрывчатку и противопехотные мины противнику. Во время одного полевого разминирования он просто бросил команду саперов и сбежал, когда неприятель открыл огонь. Его не раз хотели уволить, но постоянно находились высокие покровители. Приходилось мириться.

Расположение со стороны начальства Турок приобрел, потому что смог создать сеть стукачей, которых завлекал возможностью лишнего приработка. Осведомлять его о готовящейся инсценировке было равнозначно смерти.

Немировски и Гарднер решили устроить авиакатастрофу. На глазах у советника Гарсиа в вертолет должна была попасть ракета стингера. Вот только взрываться ей не стоило. Совсем не стоило. Вертолет должен был долететь до леса и рухнуть со взрывом, предварительно высадив людей.

Лучше всего для такой работы подошли бы тяжелые вертолеты типа Чопера. Но как объяснить советнику, почему вместо обычного легкого и скоростного кавасаки президент поставит на крышу отеля армейские машины?

Гарднер взял на себя подготовку реактивного снаряда. Он разобрал стрелу и высыпал из головки весь гексоген, детонирующий взрыв. Такая ракета не могла взорваться от попаданья в цель. Всю ночь Гарднер мастерил устройство, которое должно было дать такой же взрыв, как и снаряд стингера. Однако сдетонировать оно должно было через полминуты после того, как кто-нибудь нажмет на кнопку спуска.

Немировски взял на себя переговоры с президентом. Негоро давно чувствовал, что не сегодня - завтра его должны ликвидировать. Он держался за счет ближайшего окружения Тирана: жены высших чиновников всегда получали самые изысканные украшения, выполненные ювелирами Де-Бирс. Последние лезли из кожи вон, чтобы брильянты южной Африки всегда оставались в моде. Еще бы! падение спроса на украшения означало бы для них верную смерть! Падение режима Негоро привело бы к тому, что вся прибыль от алмазной промышленности полилась бы в казну Империи.

Но в последнее время прежнее окружение тирана уступало место более молодой и энергичной номенклатуре. К тому же, почти все государства, до которых могла дотянуться тирания, были уже подчинены. А деньги для войны с Китаем и остатками США были очень и очень нужны.

Так что Негоро ждал свержения или войны со дня на день. Он уже давно открыл счета на подставные лица по всему миру. Фальшивые паспорта и легенды тоже были готовы. Так что не раз появлялось искушение бросить все и спасаться в какой-нибудь глухой провинции, проматывая миллиардное состояние. Но Внезапное исчезновение первого лица последнего суверенного государства Африки вызвало бы большой переполох во всей империи. За беглым президентом началась бы охота. Появление любого нового лица в любой захудалой деревеньке неизбежно вызвало бы расследование и идентификацию личности. Крах и расплата были бы неизбежны.

Поэтому появление майора Немировски Негоро воспринял, как последний шанс на спасение. К тому же майор не просил особо больших денег - ему самому нужно было смываться, так что он просил лишь столько, сколько было нужно для безбедного существования.

- Я предлагаю Вам первое время переждать в Индонезии. На острове…. есть косметологическая клиника. Смена цвета кожи, черт лица и отпечатков пальцев не составят проблем. К тому же, там не будут интересоваться, откуда появился клиент. Были бы деньги.

- И совсем никаких проблем? - недоверчиво спросил Негоро.

- Нет, есть одна. Там не делают операций, если клиент не появился в сопровождении одного из доверенных лиц.

После разговора с Немировски президент спустился на самый нижний этаж - 200 метров под землей. Как на автопилоте он прошел мимо датчиков, которые реагировали только на него по нескольким параметрам: рост, вес, частота ударов сердца, характеристика электро-магнитного поля вокруг тела и внутри мозга, частота шагов. Если бы в зону вошел любой другой человек, его бы изрешетило пулями , после чего все помещение нагрелось бы до температуры 10 000 градусов по Цельсию. Ни одного живого человека в коридоре не было - охраны здесь не требовалось.

Негоро вошел в зал, который больше напоминал больничную палату со множеством систем, искусственного поддержания жизни.

На больничной койке лежало тело человека, к которому тянулись разные шланги, и трубки от капельниц.

Негоро положил свою ладонь на черное лечо человека.

- Ну что ж, братец, - сказал он. - Пришел и твой черед.

Президент достал из внутреннего кармана баллончик с гелем для бритья, безопасную бритву и ножницы.

- Поверь мне, это будет непросто.

Действительно, брить метровую густую бороду и сбривать жесткие волосы с головы африканца - совсем непросто.

День операции был назначен на праздник Южной Африки. В этот день Негоро имел обыкновение ночевать не в президентском дворце, а в Хилтоне. Гарсия был извещен о том, что легионеры сумели под видом журналистов добиться аккредитации на съемки документального фильма о главном празднике Южной Африки. Было удобно остановиться в Хиллтоне и иметь при этом возможность в любое время подгонять к отелю фургон с телевизионным оборудованием. Из этого фургона можно было запросто пронести в отель какое угодно вооружение.

После вечернего фейерверка президент удалился в свой номер. Обычно, он оставался в бассейне номера на всю ночь с двумя-тремя девицами. То, что стены бассейна были звуконепроницаемы, должно было сыграть на руку штурмовой группе: президент не услышит ни звуки боевого вертолета, сбрасывающего десант, ни звуки от выстрелов по охране.

Штурм начался в 23 часа. За две минуты штурмовая бригада майора Немировски уложила с десяток телохранителей в коридоре. Сплоховал только Гарднер- он попал в бронежилет охранника и дал тому возможность предупредить остальных.

Уже около покоев президента завязался нешуточный бой. Это дало президенту возможность оповестить пилота, дежурившего в вертолете на крыше Хиллтона.

Немировски вбежал в бассейн уже тогда, когда президент успел натянуть брюки и наплечную кобуру.

На глазах у проституток, еще плескавшихся в воде, офицер и президент устроили перестрелку Что ж, Президент был в очень неплохой форме. Беглый огонь заставил майора броситься на пол под кресло.

В наушниках Немировски раздался голос Гарсия:

- В чем дело майор?

- Клиент оказывает сопротивление.

- Черт возьми! Кончайте его быстрее!

-Есть.

Дальше Гарсия слушал отчеты Немировски:

- Преследую клиента по коридору номера... поворот вправо... (звуки выстрелов)... Беглый огонь - неучтенный охранник... (выстрел). Охранник уничтожен... Возобновил преследование... Клиент вне пределов видимости. Ориентируюсь по шуму от его шагов.

- Черт бы вас побрал! Этот сукин сын предупредил вертолетчика на крыше! Я уже слышу, как заводятся винты.

- почему нас не предупредили о вертолете?

- Какого хрена! Это ваша операция, не могли все разнюхать?

- Кто из нас разведка?.. Вижу клиента!

- Двигайтесь в сторону кабинета, там у него прямой лифт на крышу.

- Раньше не могли сказать?

- Давайте быстрее! Здесь на улицах народ собирается! До толпы дошло, что происходит. Откуда у них столько оружия? Все бегут в сторону Хиллтона!

- Я у кабинета!

- Стойте! Вы не успеете! Бегите к бассейну! Там еще один лифт.

- Чтоб вы сто лет жили! Поздно - я у двери. Захожу.... (Выстрелы)... Черт, кусается.

Майор выломал дверь и кувырком вломился в кабинет. Двери лифта уже закрывались. Он выпустил по ним обойму, и двери раскрошились от разрывных пуль 45 калибра. Но подъемник уже вез своего пассажира.

- Я остался без боеприпасов! Веду преследование!

Немировски стянул свой берет, и используя его как перчатку, вскарабкался по стальному тросу. На его счастье в днище лифта был люк. Одно акробатическое движение - и люк оказался вышибленным ударом ноги. Через секунду полковник оказался в пустой кабине лифта.

- Клиент бежит к вертолету.... Преследую.

Гарсия видел, как за рядом фонарей к вертолетной площадке бегут два человека. Президент обернулся и выстрелил в преследователя. Немировски сделал финт и ушел от очереди. Судя по всему, у президента тоже кончились патроны - он бросил пистолет и побежал к вертолету. Машина уже приподнялась над крышей, когда Немировски все же успел ухватиться за лыжу вертолета.

Кавасаки отлетел на 10 метров от здания, когда на крыше появилось отделение Гарднера.

Гарсия закусил губу: кроме как с Немировски, он ни с кем не имел радиосвязи в отряде. Некому приказать подбить вертолет из стингера. Дело спас сам майор.

- Гарднер! Стингер на крышу!

- Сторожевой пес! - послышался голос Негоро. - Что тебе надо? Убирайся отсюда!

Послышалась возня от драки.

- Гарднер! Взять на прицел вертолет! Переключись на волну 140, так надо!

"Наконец-то! Перевел отряд на нашу волну", - обрадовался Гарсия.

- сам же со мной погибнешь! - орал Негоро.

- Гарднер, если я не задушу эту скотину, то стреляй через 20 секунд!

- Стой, стой! Смотри!

- Что это?

- Это брильянты... Полсотни работ ДеБирз!

"Неужели Негоро его купит?" - испугался Гарсия.

- Гарднер! Приказ отменяется!

- Майор! - прозвучал незнакомый голос.

"Гарднер!" - догадался Гарсия.

- Что?

- Вы же знаете, что наши передачи записываются.

Секунда молчания.

- Да, сынок, знаю.

- Майор, вы и так уже под трибуналом, я не собираюсь идти вместе с вами.

Как только эти слова были сказаны, из вертолета полетело тело, а из стингера - ракета.

- Все в порядке, сынок! - раздался радостный крик Немировски. - Я отвлек его! Это тело клиента выпало из машины... Черт! Что за удар?

Ракета ударила в вертолет, но не взорвалась.

- Простите, сэр, это ракета... Я выстрелил.

- Чтоб ты сдох, сосунок!

Вертолет уходил к джунглям, но был неуправляем. Во всяком случае, так казалось с земли.

- Сэр! Все в порядке! Ракета, к счастью, не взорвалась!

- Идиот! Ты перебил рулевые тяги! Эй! (к пилоту). Мы сесть сможем?

- Не знаю, я попробую...

- Ты уж постарайся... тогда за твою задницу я отвечу.

- Сэр...

- Гарднер! Ни слова! Меньше всего перед смертью я хочу слышать твой поганый голос!

 Гарсия забыл на мгновение, что его, кроме майора никто не должен был слышать в эфире.

- Немировски! - закричал он в невольном восхищении. - Ваша семья будет...

- Гарсия, спасибо, но лучше я кое-что вам скажу!

- Да, майор!

- Твоя мама спит с моей собакой!

Вертолет, который уже превратился в точку, резко пошел вниз. Гарсия не видел, как машина на секунду зависла над рекой и выбросила трех человек. Потом вертолет пошел на автопилоте, завалился на бок, и, переломав лопасти о землю, упал. Двойной взрыв - от топлива и заряд стингера, распугал всех птиц и животных в окрестных джунглях. Птичьи крики, вой и лай сотрясли вечернюю тишину.

Уже выбравшись из воды, Немировски взглядом убийцы посмотрел на Негоро.

- Что вы за человек? - произнес он.

- В чем дело?

- Спасая свою задницу, вы хладнокровно выкинули из вертолета своего брата!

Президент облегченно выдохнул.

- Это не брат. Это клон.

- Клон?

- Не беспокойтесь. Я растил его на органы. Но я же не маньяк! Мозга у него не было - не сформировался даже в пробирке. Это не личность, никогда ею не был... Я не людоед, не надо путать нас с зулусами.

- Черт бы вас побрал! А вскрытие?

- Не беспокойтесь - воротник у него - из свинца. Череп разлетелся от удара о землю. Так что генетики подтвердят мою смерть, и беспокоиться больше не о чем.

- Вы маньяк.

- Знаете что, у меня пять братьев и две сестры. Если возникнут сомнения в том, что я погиб, то из них будут выдавливать информацию под пытками. И под такими пытками, по сравнению с которыми судьба бедного клона покажется вам мелкой неприятностью.

Пилот в это время молча собирал хворост. Ему хотелось напомнить обоим моралистам, что ради их спасения в Хиллтоне погибла дюжина человек, преданных президенту, которых президент подставил под удар, а Немировски хладнокровно этот удар нанес. Но пилот обучался всему очень быстро, и он никак не хотел разделять судьбы с более честными и менее расторопными телохранителями.

Об этом разговоре Гарднер ничего не знал. Он знал только то, что на его счету появились 2 миллиона империалов, а в послужном списке - лишение воинского звания за участие в несанкционированной военной операции. Приказ от Тирана пропал. Только в папке для бумаг, где он хранился, остался полностью сгоревший листок.

- Сто процентов, в бумаге содержался компонент, разлагающийся на свету с малой скоростью, прокомментировал находку начальник канцелярии.

Кроме Гарднера только он знал о существовании тайного циркуляра. Еще бы! Ведь если б документ не исчез, его следовало бы оформить задним числом.

Гаррднер хорошо знал, что с ним произойдет, если об инсценировке узнают имперские службы. Было два варианта: долгая и мучительная смерть либо пожизненная каторга в рядах штрафных батальонов. Служба без присвоения очередных званий, без оплаты и, порой, даже без провианта. Впрочем, и второй вариант не предполагал долгого пребывания в армии - только до первого выстрела в затылок.

Глава 16. Искатели приключений

Был вариант, что эта девушка не из тайной полиции. Тогда появлялся второй вариант - преступная группировка. Что тогда? Постоянный страх, работа на контрабандистов или в бригаде киллеров. Что еще? Все едино: нелегальное существование и нарушение размеренной жизни.

Когда Феррари выехал на трассу, Гарднер двинулся за ним, не включая фар. Он не любил автоматическую систему безопасности, распознававшую трассу по меткам, но на этот раз пришлось ей воспользоваться.

Феррари въехал в гараж в старом особняке на окраине Марселя. Что ж, весьма удобное место для тайных встреч: множество похожих друг на друга домишек, ничем не отличающиеся друг от друга.

Гарднер оставил машину за квартал от особняка и тихо вернулся к дому, запасшись монтировкой.

Окна первого этажа были расположены на высоте двух метров над землей. Подслушивать было невозможно, и Гарднер довольствовался только тем, что подсчитал по теням количество людей в комнате. Четверо мужчин и женщина. Судя по походке, двое из мужчин точно когда-то служили в армии. Один - точно из криминального мира, а четвертый - штатский. "Студент", почему-то окрестил его про себя Гарднер.

Входить с парадного хода было бессмысленно: ему просто сделают предложение, от которого он не сможет оказаться. При этом, совсем необязательно, что у его виска окажется ствол. Нет, его просто припрут фактами.

Гарднер обошел дом. Сзади оказался черный ход. Что ж, замок крепкий, но вот петли на которых он висел... Гарднер взял монтировку, воткнул ее в дужку замка, прокрутил и уперся одним концом в стену, а второй рванул на себя...

Шуму было немного, можно было подумать, что где-то завозились крысы. И все-же...

- Что там шуршит? - всполошилась женщина.

- Наверное, крысы, - отмахнулся бандитского вида субъект.

- Какие крысы! Это наверняка кто-то зашел! - забеспокоился студент.

- спокойно, оборвал его человек лет 45-ти с военной выправкой. Наверное, это все-таки крысы. Но проверить стоит. Жан, - обернулся он к более молодому военому. - Проверь, что там.

Жан кивнул, вышел из комнаты и направился по коридору к черному ходу. Пистолет он достал только за дверью. К чему нервировать остальных?

Крадущейся походкой он двинулся по коридору. Лестница к черному ходу была не освещена. В темноте парень приблизился к двери и попробовал открыть ее. Дверь не поддалась. Он обернулся, чтобы уйти, как дверь сзади него бесшумно раскрылась и монтировка, обернутая в шарф, опустилась ему на голову.

Гарднеру пришлось напрячь все свои силы, чтобы удержать замок в сломанных петлях. Так что пальцы теперь нестерпимо ныли.

- Что-то Жана долго нет, - забеспокоился военый.

- Да что с ним произойдет? - усмехнулся бандит.

- И все же, проверь, только не отходи далеко от двери.

Нехотя бандюган встал и пошел в коридор.

Гарднер бесшумно прошел к двери, снял свой протез и замер. Ждать пришлось недолго: через полминуты из двери высунулась большая голова, на которую он опустил все ту же монтировку. Отпихнув тело, он кувырком влетел в комнату. В голову военного он бросил свой протез. Тот не сразу сообразил в чем дело и упал, оглушенный

118

титановой ногой. Студент растерялся. На это и был расчет - Гарднер успел вскочить на одну ногу и в падении вырубить паренька банальным хуком.

Уже после этого он упал на пол и быстро выхватил из-за пояса небольшой полуавтоматический вальтер, который направил на женщину.

- Вас увлекает такое приключение? - спросил он.

Она пожала плечами.

- Вы просто идиот.

- Может быть...

Может быть, выпьете виски и немного успокоитесь?

- Благодарю вас, однако прежде чем виски, не могли бы вы принести мне мою ногу? Благодарю, а теперь принесите два мокрых полотенца. Двоим из вашей компании понадобятся холодные компрессы на голову.

Дождавшись, пока она перевяжет головы пострадавших, он заговорил.

- А теперь, давайте поговорим о том, как вы узнали обо мне?

- Мне сказал этот человек, - она кивнула на военного.

Гарднер посмотрел на лицо незнакомца.

- А он откуда знает?

- Расскажет сам, когда очнется.

- Кто вас послал? Кто вы?

Женщина опят пожала плечами.

- Люди.

- Это я вижу. Откуда вы?

- Это не то, о чем вы думаете.

- Вот как? У меня в уме крутятся 4 разных ответа. Если ни один из них не верен, то я ничего не понимаю в этом мире.

- Скорее всего, так оно и есть... Во всяком случае, я бы советовала вам дождаться, пока очнется этот джентльмен.

Тем временем человек с перевязанной головой начал приходить в себя.

- Черт, как голова болит... Что случилось, Антуанетт? Где все остальные?

Женщина кивнула на Гарднера.

Мужчина посмотрел на него и закрыл глаза.

- Гарднер, курва, опять ты меня подбил.

Глава 17. Гийом

Мишель сидела возле кровати Гийома и ни о чем не говорила. Его угнетало чувство бессмысленного внимания к своей персоне. Ничего уже не могло произойти. Все безвозвратно.

Страшная боль, причиненная скальпелем и щипцами, уходила постепенно. Теперь физическое самочувствие становилось лучше. Медленное, но постоянное улучшение. И это было плохо. Казалось, что с болью уходит память. Нарастал стыд за совершенную глупость. Но к своему ужасу Гийом понял, что и этот стыд уйдет. Ему не останется ничего! И тут же сидит Мишель, которая, как назло, пытается еще более ускорить эту потерю. Зачем? Неужели она не понимает, что так только хуже. Он не хочет терять себя, ту свою часть, которая разделила судьбу с остальными.

Он винил Жискара, но не смел его ругать, потому что конечное решение зависело от него, от Гийома. Это решение - глупое, пустяковое, мальчишеское решение - позволило влиять на его жизнь. А главное, - на дела, на гораздо более важные и большие дела, чем сохранение его жизни. Эта мысль угнетала и требовала разрешения. Нужно развинтить ее по винтикам, чтобы оправдать себя или исправить этот недочет в себе, чтобы жить дальше. Но для осмысления требовался покой и одиночество.

Но ни того, ни другого не было. присутствие Мишель тревожило покой, заставляло принимать ее в расчет и чувствовать себя еще более ничтожным.

Наконец он не выдержал.

- Иди спать. А еще лучше - вовсе возвращайся домой.

- Не валяй дурака! Мало ли что может произойти за ночь!

Язык не поворачивался сказать , что все будет хорошо. Это выглядело бы фальшиво. От злости он не мог говорить минут пять.

- Ты права, мне уже хуже, позови доктора.

Она опустила ноги со стула на пол, посмотрела на него затяжным подозрительным взглядом, потом встала и вышла из комнаты.

- Что у вас? - доктор спрашивал безучастно, словно речь шла не о самочувствии человека.

- Рана жжет.

- Сильно?

- Нет, не очень, - Гийом смутился от необходимости врать.

Доктор повернулся и направился к стеклянному шкафу. Сонной, но быстрой рукой взял какой-то флакон, поднял его, чтобы посмотреть на свету, потом налил содержимое в небольшой стакан:

- Вот, - тяжело задышал он носом. - Выпейте это, и станет легче.

Гийом выпил.

- Вот, теперь легче. Не так ли? - Жестко спросил доктор.

- Да, спасибо.

- Что-нибудь еще?

- Да, мне нужен покой.

- Понимаю, - доктор, не высовывая рук из карманов халата, повернулся к Мишель. Вашему другу уже ничего не угрожает, мадемуазель. Не угодно ли пройти в гостиную? Там есть превосходный диван.

- Нет, спасибо, - Мишель сначала потупилась, потом обдала Гийома ненавидящим взглядом. - Я лучше пойду домой.

- Как угодно. Но извольте заметить, что сегодня на вас, скорее всего, будет объявлена облава. Вы можете сколь угодно рисковать собой, но я не позволю, чтобы детские игры ставили под угрозу безопасность моего пациента и моего дома. Так что прошу вас в гостиную.

Тон доктора был настолько бесцеремонен, жесток и рационален, что Мишель без разговоров последовала в гостиную.

- Это все ваши желания?- спросил доктор.

- Да, ответил Гийом.

- Тогда спокойной ночи. Но если вам что-нибудь понадобится, то я не советую звать нас - во сне мы вас не услышим, а утка - под кроватью. Спокойной ночи.

"Сволочь", подумал ему вслед Гийом.

Утром его разбудил звон металлических инструментов. Доктор брал со дна металлической ванночки то зажимы, то другие инструменты.

- Добро пожаловать на перевязку, - вместо приветствия сказал доктор. Мишель послушно подавала бинты и инструменты, пока доктор, шумно выдыхая воздух через ноздри, манипулировал над раной. Насколько отвратительно было его лицо, настолько же восхитительны были его руки в работе: один раз заложив тампон, он его больше не поправлял. Он мог бы и с закрытыми глазами вытащить из живота вчерашние бинты и тампоны и положить на их место новые, но не отрывал взгляда от пациента.

- Все, мадемуазель, вши услуги больше не нужны. До вечера можете быть свободны.

- Послушайте, - взбесилась Мишель. - Нельзя же быть таким бессердечным! Почему вы не спросите его, не жмет ли ему повязка? Доктор снял очки и , прижав дужку к небритому подбородку, уставился на девушку. Потом, не оборачиваясь, спросил у Гийома.

- Повязка вам не жмет?

- Нет.

- Тампоны не колют изнутри?

- Нет.

- Физраствор не жжет?

- Нет.

- Ну и слава Богу. У вас мадемуазель вопросы еще есть?

Мишель поджала губы и ничего не сказала.

- Итак, мадемуазель, если вопросов больше нет, то я жду вас сегодня в шесть на вечернюю перевязку.

Гийом целыми днями лежал в кровати, мучительно пытаясь понять, зачем дал себя возможность втянуть себя в эту авантюру. То, что Жискар дурак, он знал уже давно. Но ведь, порой, и дурак говорит разумные вещи (во всяком случае, нам хочется в это верить). Почему же его слова вызвали такой ажиотаж? Почему все они словно ослепли, когда их обвинили в трусости?

- Какие вы, к черту, мужчины? Ментавры уводят сотни людей, а вы тут собираете оружие, говорите о новом мире, о любви, занимаетесь этой самой любовью, но боитесь спасти хотя бы одного человека! Одного живого человека из под вонючих копыт монстров!

После этого все позабывали, что ментавры проходят специальную подготовку, что они лучше вооружены, что реакция у них в полтора раза быстрее. А главное - то что они уже убивали.

Но Жискар в тот день неистовствовал.

- Сегодня моему двоюродному брату пришла повестка. Его обвиняют неизвестно в чем.

- Но ведь он же ни в чем не виновен? Он и с нами-то не общается. Сколько людей ментавры забирали, а потом отпускали.

- А скольких они угоняли и потом возвращали инвалидами через 5-10 лет каменоломен?

- Жискар, мы не можем рисковать десятками ради одного. К тому же, еще ничего неизвестно. А у нас только-только начало что-то получаться. К нам начали прислушиваться люди в трущобах. Нам начали доверять!

- Черт бы тебя побрал! Ради утопических идей, ради химеры ты готов пожертвовать человеком! Посмотрел бы я , как бы вы запели если бы вас самих повели к ментаврам. Потом, помолчав, он добавил.

- Я сам пойду на выручку. И пошли вы все!

От этих слов ребята вспыхнули. Они ничего не сказали, но посмотрели на Гийома зовущими глазами. Гийом понял, что они ждут только одного ответа, который устроил бы их.

Внутри у него что-то вскипело:

- Ладно, мы тоже пойдем, но чтобы ни случилось, ты никого потом не посмеешь называть бабой.

Все ребята, собравшиеся в гараже, заулюлюкали.

- Ты прав, Гийоим! – кричали они.

После первой волны восторга заговорил долговязый очкарик Абрахам.

- Нам не надо ничего делать. Пусть даже мы перессоримся здесь, но это лучше, чем вас всех перебьют там.

Все посмотрели на него с недоумением.

–Поймите, –продолжал медленным и сонным голосом Абрахам. - Мы не можем, не должны, не имеем права пока рисковать. Риск должен быть исключен вообще. Мы должны просто победить. Всеми доступными путями - но победить. А не жертвовать собой ради красивого жеста. Можете использовать хитрость, если надо - вероломство. Но не глупое самопожертвование. На карту поставлена судьба всего мира. Если мы сегодня сгорим, то завтра некому будет продолжать дело. Как бы вам ни было жаль брата Жискара, но подумайте о тех младенцах, которые уже сегодня обречены на рабство. Два больше чем один, и тысяча больше чем десять. Кого вы знаете кроме себя, кто так же собирался бы ради заговора? Тысячи группировок, миллионы вооруженных сверстников. Но хотя бы один из них выступает ради того, ради чего выступаете вы? У всех в глазах нажива, у всех в глазах жажда денег... Они против Тирана, но фактически, они на его стороне.

Он обвел всех неторопливым взглядом и сказал:

- Я никуда не пойду. И пусть только кто-нибудь посмеет назвать меня трусом.

Абрахам достал из за пояса свой старый байард, снял с предохранителя, перезарядил и, снова поставив на предохранитель, сел на прежнее место.

На минуту воцарилось молчание. Заговорщики оказались в смятении.

- Нет, ты не трус, - сказал Жискар. - Может быть, ты отважнее нас всех. Но ты жесток. Жесток до фанатизма. Для тебя нет жизни - только цель. Цель любой ценой.

Абрахам обвел равнодушным взглядом гараж.

- Вы все решили идти?

- Да!

- В последний раз я говорю вам: оставьте эти глупости и оставайтесь здесь. Это не отвага, а нетерпение сердца.

- Мы решили! - крикнул Жискар. Его поддержали все, кроме Гийома. Сам Гийом уже не мог сказать "нет", если один раз он уже сказал "да". Рубикон был перейден.

-Что ж, я тоже пойду... может быть, хотя бы одного из нас не убьют.

Когда отряд уже выходил, один паренек, Жозеф, ухватил руку Абрахама и горячо ее пожал.

- Ты молодец! Ты самый мудрый из нас, ты все же решил рискнуть жизнью ради маленького музыканта!

Абрахам отвесил ему пощечину. Завязалась драка, их едва удалось разнять.

Что было потом - вспоминать не хотелось. Без конца Гийом прокручивал в уме весь ход этого боя: как в разнобой были брошены гранаты в участок, как пропустили в тыл трех патрульных, как у двоих сдали нервы и они начали стрелять во все, что двигалось. Первые погибшие в отряде - погибшие от выстрелов своих же... потом... потом трое начали стрелять в этих двух психов. Секундная паника. И ментавры как цыплят расстреляли всю группу.

"Боже мой! Мы даже не умеем воевать!" пронеслось в голове у Гийома.

Непонятно откуда рядом с ним оказался Абрахам. С двух рук он вел огонь по ментаврам. Этот флегматичный очкарик вывел из строя как минимум пять противников.

- Все, - сказал он, прикрывая Гийома. - дело сделано. Мы потеряли почти всех. Я попробую их задержать, а ты беги за угол - там Мишель, она ранена!

- Спасибо! Не отставай!

Абрахам только махнул рукой.

За углом действительно была Мишель.

- Гийом? - удивилась она.

- Ты ранена? - запыхавшись спросил он.

- Я? Нет! Это же ты ранен... Абрахам сказал, что ты здесь.

- Чертов придурок!

- Ты куда?

- Я его вытащу!

Вдруг сквозь выстрелы послышался голос Абрахама:

- Не подходить! Не подходить! У меня граната!

- Урод! - Гийом выскочил за угол, но тут же свалился - по Абрахаму озверевшие ментавры открыли шквальный огонь. Шальная пуля попала не по тому адресату.

Мишель сумела оттащить его за спасительный угол.

- Ты жив!

- Кажется...

У него едва хватило сил дойти до того места, откуда их забрал его отец.

Глава 18. Лечение

"Я мог все это остановить", думал Гийом. "мог, но не сделал. И причина поступка - не ошибка, не насущная необходимость, а всего лишь нетерпение сердца". Откуда оно пришло? Как его пресечь?

Не находя ответы на вопросы, Гийом впадал в отчаянье. Только истощение организма позволяло ему заснуть. Просыпаясь после 14 часов, всю вторую половину дня он просто скучал.

Однажды он попросил доктора что-нибудь почитать.

- Какой литературой интересуетесь? - спросил доктор.

Детективы не было сил читать, он казались тупыми и напыщенными. Он попросил кого-нибудь из классически авторов.

- Если можно, то что-нибудь из философии.

- Извольте.

- Вы думаете я что-нибудь пойму в китайский психологии? - удивился Гийом, когда доктор дал ему Даодэцзын.

- Если вы не поймете даже этого, то философия вам не по зубам.

Вначале Гийом был просто шокирован. Будучи европейцем, он не мог понять, как можно ставить в добродетель невежество. Не вызывали восторгов и сравнения автора с сердцем глупого человека, равно как и предположение, что основа всего - еда. Особенно его поразило высказывание о том, что не надо ничего делать, и тогда мы сами увидим, как вещи меняются вокруг нас.

Он отложил книгу и долго ругал китайца. Как можно ничего не делать? Почему вещи изменяются сами по себе? А если даже и меняются, то откуда им знать, в какую сторону им нужно меняться?

Он решил для себя, что книга бесконечно глупа.

- Нет ли у вас кого-нибудь из европейских авторов?

Доктор поднял голову, подумал о чем-то, а потом посмотрел на Гийома.

- На какой вопрос вы стремитесь найти ответ?

Гийом порывался было ответить, но словно головой на стену наткнулся. "действительно, на какой? Не будешь ведь у Канта искать ответ на вопрос, как истреблять ментавров. Это, скорее, к античным авторам.

- Я бы хотел кого-нибудь из греков.

- Формулировка вопроса вызывает у вас некоторые затруднения?

- Да нет, просто я знаю, чего я хочу... мне нужен Сократ.

- К сожалению, но Сократа достать невозможно?

- Почему? Он под запретом?

- Под запретом все философы. Дело в том, что Сократ не оставил после себя ни одной книги. О всех его высказываниях известно только из письменных источников современников.

- Ну, тогда не знаю...

Доктор усмехнулся.

- Я бы вам советовал сначала прочесть «Пир» Платона, а потом снова взяться за Даодецзын.

Уже после "Пира" доктор дал посмотреть Гийому контрабандные записи из Китая - выступления монахов Шао-линя и празднества даосов. Вот тут Гийом оказался поражен. Люди, бегущие по стене, кирпичи, ломающиеся голым телом, но так, как будто это не твердые предметы, а бутафория. Вот только что послушник безуспешно пытался разбить кирпич о голову, а тут подходит учитель и разбивает кирпич без всяких усилий, просто он ЗНАЕТ, как это делать. Тоже самое вытворяли и даосы. Но насколько более аскетичны они: полуголые, полудикие люди, живущие в оставшихся лесах Китая. Довольствуются скудными плодами земледелия в лесу и подаяниями. Кажется, они должны были утратить какие-либо остатки цивилизации. Но, при образе жизни дикарей, они остаются верны учению Лао-Цзы. Странно все это, странно.

Большое впечатление на него произвела и живопись китайцев. Работу тушью были сделаны с полным лаконизмом.

- Считалось, что для создания картины надо стать тем, что рисуешь, - объяснял доктор. - А потом провести одну линию - прямую или изогнутую, - которая является основой, сутью этого предмета. Все остальные линии - только дополнения.

Через месяц Гийом еще раз перечитал Даодэцзын. Теперь фразы не казались ему бессмысленными. Каждое изречение он даже не принимал на веру. Смысл прочитанного словно бассейн с водой опускался на него и сжимался, чтобы уместиться в голове.

Глава 19. Псы

После клиники дороги Немировски и Негоро разошлись. Бывший президент уехал на Карибы, где один из его родственников управлял санаторием, открытым на деньги Нгоро. Начинать пришлось с работы полотера, чтобы ни у кого не появилось подозрений, откуда появился прыткий сотрудник, Негоро поднимался по служебной лестнице очень медленно. Менеджером по кадрам он стал только через пять лет.

Майор Немировски еще не отгулял свое: авантюры словно притягивали его. Он успел побывать и в банде наркоторговцев - караваны приходилось гнать с самого золотого треугольника, где все еще сохранялась неразбириха из-за столкновения интересов Китая и Империи в регионе. Продавал он и оружие. Его клиентами были и уйгуры на севере Китая, и кавказцы, и латиноамериканские повстанцы. Только Африка оставалась для него закрытым континентом - не хотелось дергать тигра за усы.

В конце концов, лет через 10 ему все приелось. Денег было немеренно, так что все эти походы больше напоминали детские игры. В конечном счете он занялся коллекционированием. Благодаря связям с контрабандистами, он мог собирать древние артефакты, которые Тирания пыталась уничтожить. Китайская и японская гравюра, древние списки Евангелия, Библии и Корана, манускрипты суфиев и халдеев, картины, эротические скульптуры и статуэтки европейских мастеров, раритетные издания Петрарки, Лорки, Низами Гянджи, Хаяма - все это находило место в запасниках майора.

Естественно, что занимаясь таким собирательством, он не мог не попасть в поле зрения "отрекшихся". Когда они попытались завязать с ним контакт, Немировски пошел вполне охотно. Когда его попросили найти специалиста, который мог бы разминировать подходы к тюрьме в Золандии, Немировски тут же вспомнил Гарднера.

- Минные поля тянутся вдоль всех стен зоны по полосе в 100 метров шириной. Что ты можешь предложить?

- Прогнать по полосе роту военнопленных, - ответил Гарднер.

- Где ты собираешься их взять?

- Шутка. Подумать надо.

Идея использовать реактивные установки для разминирования отпали сами собой: эта штука годилась только на то, чтобы обеспечить прорыв по узкому коридору для роты солдат. Для побега пяти тысяч заключенных это не годилось.

- Собаки, - вдруг сказал Гарднер.

- Брось, собаки-саперы будут работать слишком медленно.

- Нет, собаки -камикадзе.

-Что ты имеешь в виду?

- В одной из древних войн использовались собаки, которые бросались под танки. На их телах крепилась взрывчатка. Так что со смертью собаки уничтожался и танк.

- Ты что, собираешься собак погнать по минному полю?

- А почему бы и нет? Какие мины используются для охраны лагерей?

- Чаще всего там используют противопехотные мины типа "черня вдова", взрывающиеся от нагрузки в пять килограмм, и еще "лягушки" на растяжках.

- Оно то самое.

Решено было обсудить идею на ареопаге. Порой Немировски приезжал к Гарднеру, чтобы поделиться новостями.

- Среди них нет единого мнения. Против этой идеи взбеленилась Диана. До отречения она была министром по защите окружающей среды, а в Древнем Мире – покровительницей зверей и богиней охоты. Собаки у нее всегда были подручными. Так что к ним у нее особое отношение.

Ей легче угробить тысячу человек, чем десяток собак.

В конце концов, осенним вечером Немировски привез согласие.

- Тебя попросили подсчитать, сколько собак и какой породы нужно собрать, чтобы разминировать полосу шириной в 10 метров. Сколько для этого потребуется корма, какие еще затраты. И еще одно...

- Что?

- Нужно будет как можно скорее ехать в Золандию. Операцию нужно будет провести в июле, в крайнем случае - начале августа.

-Почему такая спешка?

- потому что уже в сентябре там выпадает снег. А нам нужно 1500 человек увести к Каспию. Это недели 2-3 переходов.

- Да я не успею! Нужно отловить три сотни псов, выдрессировать их. Я уже не говорю о том, что нужно готовить загоны для собак и казармы для персонала. К тому же, не могу же я так просто взять и уехать. У меня заказов на полгода. Снимусь с места - и сам знаешь - это тут же вызовет подозрения.

- Как раз таки не вызовет. Собак отловят еще до твоего приезда. На первых порах тебя подменю я.

- А инъекции собакам тоже ты будешь делать?

- Какие инъекции?

- От бешенства, от чумки, от лептоспероза. Я навел справки. Эта ваша Золандия всегда считалась местом собачьей смерти. Прививать псов нужно сразу, как только отловите. Да и от шакалов следует территорию очистить. Вы все это должны будете сделать без меня. Да и вольеры поставить.

- вольеры... Да, это проблема.

- Ладно, сделайте просто загоны из расчета по 10 собак на каждый вольер. Хотя, лучше делать с запасом - на 400 собак.

- Зачем?

- Приеду - объясню. В качестве материала для ограждения используйте все: доски бревна, металлические решетки, сетки. Размер загона 7х7 вполне сойдет. Меньше не делайте. И еще вот что.

- Что еще?

- Чем кормить псов собираетесь?

- Накупим сухого корма.

- Сухого корма... По килограмму на собаку в день в течение трех месяцев, это значит 90 килограмм, умножь это на 400 и получишь 36 тонн. Где вы столько собачьего корма закупите? Вами же заинтересуются.

- А что прикажешь делать?

- Значит так, постарайтесь там или договориться с местными фермерами или откройте три своих фермерских хозяйства. Вам нужно купить 18 коров. Вполне хватит. Плюс - 10 тонн круп.

- Зачем нам крупы?

- Если их сварить в мясном бульоне. То собаки съедят за милую душу. Так что у нас получается? Коровы - это 18 тонн мяса, плюс 10 тонн крупы, вода втрое увеличивает массу похлебки, так что должно получиться около 72 тонн пищи. Нормально. А сухое питание возьмите все же килограмм 500. Это будет просто.

- зачем еще и сухой корм?

- А чем ты их приманивать будешь? Бульон в руки возьмешь?

- Это все?

- Да, все. И забронируй мне завтра же билет на июль.

- Почему завтра?

- Потому что послезавтра ты уезжаешь, а мне на следующий год в разгар сезона в вашу Золандию не попасть. Все.

В назначенный срок Гарднер приехал в Золандию. В пансионате "Кактусовая роща" ему понравилось. О нужно было покрутить носом.

- Воздух у вас тут сырой, да и развлечения какие-то однообразные.

- О, мсье, - девушка на ресепшне была сама учтивость. - Я бы посоветовала вам спуск в пещеры - у нас в Золандии есть самая глубокая пещера в мире.

- О, нет, не с моей ногой, спасибо.

–Уверяю вас, это не помеха! Первый спелеоклуб в Золандии основал человек, у которого, по преданию н было ноги... Правда, потом он отрастил ее усилием воли, чтобы учить местную молодежь технике метания ножей с двух ног.

–Нет, это, все-таки не для меня.

- Тогда, может быть, конный маршрут?

- Прелестно! В горы?

–Ну да! Еще у нас есть рафтинг и киякинг... хотя с вашей ногой...

- Это потом. А скажите, нельзя ли у вас пожить в горах?

- Конечно, такое практикуется. Есть множество заброшенных деревень. Вы можете выбрать любую и вызвать бригаду плотников - они вам быстро наведут порядок. И можете взять компаньона или компаньонку напрокат.

"Любопытный вид проституции", подумал Гарднер.

- Хорошо, завтра же я возьму напрокат лошадь и отправлюсь на поиски подходящей деревеньки.

Двое суток Гарднер выбирал место, где можно было бы обосноваться. Он хорошо помнил место на карте, где построили собачий питомник "отрекшиеся". Поэтому он теперь без труда выбрал заброшенное село в пяти километрах от основного лагеря. По сотовому телефону он вызвал бригаду, которая за сутки превратила развалины дома в сносное бунгало. Здесь же, на месте, у Гарднера появилось желание поохотиться, поэтому вместе со строителями приехал еще и правительственный чиновник, который на месте оформил охотничью лицензию. У чиновника оказался с собой набор ружей для охоты.

- Лучше возьмите двустволку 16 калибра, - посоветовал он. - К ней еще патроны с дробью №8 на уток, с дробью №9 на мелкую дичь, и еще пять шесть патронов на медведя.

- А что, здесь и медведя поднять можно?

- Вряд ли, они стали большой редкостью, но иногда можно нарваться. Вы имеете опыт охоты на медведя?

- Нет.

- А с пистолетами как обращаетесь?

- Очень неплохо.

- Тогда возьмите вот это, - агент протянул древний револьвер - Кольт 45-го калибра с длинным стволом. - На всякий пожарный. И если что, то не подходите к зверю, если он упадет. Они часто притворяются убитыми, а потом набрасываются на охотника. Так что лучше вызовите егеря.

Как только плотники и чиновник уехали, Гарднер двинулся на своей лошадке к лагерю "отрекшихся". Он поднялся на склон небольшой горы, с которой еще виднелось море и невольно залюбовался местами: зеленые горы с тысячелетними соснами и елями. Дальше виднелись ледники и крутые скалы. В ущельях бежали голубые ручьи. Берега вдоль них были то песчаными, то скалистыми. Кое-где деревья свисали прямо над водой и создавали над течением зеленый свод.

Он обернулся на север. С противоположной горы уже спускались двое всадников. В бинокль Гарднер разглядел, что один из них - Немировски. Пришпорив коня, Гарднер двинулся вниз, навстречу к нему.

- Я уж двое суток лазаю по горам и выглядываю тебя, - сказал Немировски с легким упреком.

- Well, it's better to have a little more patience and avoid a lot of problems later, - ответил Гарднер. - Let we ride, and you show me what have you succeeded and what have you failed in[1].

Оказалось, что все было не так страшно, как предполагал Гарднер. Немировски сумел подтянуть местных ребят, которые которые уже отметились в подпольных группах "отрекшихся". 30 парней от 15 до 25 лет сумели пройти проверку на надежность и выдержать работу в лагере.

- Как вы с ними находите общий язык?

- Я немного говорю по-русски, а местное население, как ни странно, в большинстве своем говорит именно на этом языке. Плюс еще интересная особенность: местный язык до того сложный и в фонетическом и в грамматическом отношении, что английский и польский эти ребята схватывают на лету. Так что, говорим на синтезе трех языков.

- Как они ладят с собаками?

- Очень неплохо. Именно эти ребята и собирали псов по местным улицам.

- Местная жандармерия не заинтересовалась?

- О, нет! Меньше псов на улице - для них даже лучше. Мы тут еще один трюк сделали: дождались, когда одного из туристов укусит бешеная собака. Ну мы тут и подсунули идею: за каждую беспризорную собаку давали по 10 империалов. Понятное дело, большинство местных жителей - ленивы, ни о какой поимке собак и слышать не хотели. Так что отличилась только наши, уже подготовленные детишки. Собак мы сажали в грузовик и отвозили в

---

[1] Лучше проявить немного терпения и потом избегнуть кучи неприятностей... Поедем, и вы покажете, что вам удалось, и в чем вас постигла неудача.

горы. Здесь ребята вели их от дороги к лагерю. Те, кого ты видишь, наловчились вести на поводке двух трех собак сразу.

- Что ж, еще легче. Теперь покажи мне вольеры. Вольеры были сколочены наспех, никакой красотой не отличались. Те не менее, собак в них удержать удавалось.

- По 10 собак в каждом вольере держать не получилось, - продолжал Немировски. - Но не все гладко. В некоторых вольерах собаки грызутся, так что самых буйных мы держали отдельно. Как ты и говорил, пришлось задействовать почти все 40 вольеров.

- Это нестрашно. Вы неправильно сделали. Нужно было злобных кидать в стаю к робким- это лидеры, они между собой и должны грызться. В естественных условиях в одной стае собираются собаки с разными характерами. Тут главное не перепутать... И еще, нужно сделать так, чтобы счки оказались равномерно распределены среди кобелей. Кстати, контрасекс давали?

- Как ты и говорил - по таблетки в день на голову. Но это не помогает - кобели их все равно дерут.

- Это неважно. Главное, чтобы щенков не было. Иначе их кобели погрызут... И еще: все собаки разного возраста, скоро начнется падеж. Так что нужно еще 100 голов.

- Эдди, не сходи с ума! Мы только сегодня все закончили.

- Стефан, или так, или я ничего не гарантирую. Сам знаешь, как поведут себя люди, когда начнут подрываться на минах.

- А раньше не мог сказать?

- И куда бы вы раскидали еще сотню собак? И так уже все вольеры заполнены.

- Ладно, но тогда ты сам кажи ребятам об этом. Я уже выдохся.

- Нет проблем.

За каждую собаку Гарднер назначил по 20 империалов, так что ватага быстро разбежалась.

Питомник, или как его окрестили, школа камикдзе, располагался недалеко от ручья. И все же ребятам было довольно утомительно бегать за водой, которую собаки лакали в немереных количествах из больших деревянных корыт.

Со второго дня Гарднер начал тренировки. Из каждой своры он отобрал по две собаки: лидера и сучку. Там, где лидерствовала сучка, он брал кобелей с темпераментом "бетта".

Этих собак он муштровал по-настоящему. Через две недели они должны были выполнять любую команду по ультразвуковому свистку. Если в первый день 30 ребят только сидели и смотрели за его работой, то на следующую тренировку каждый выбрал себе одну собаку и повторял за Гарднером все упражнения.

Особенно важно было добиться, чтобы собаки бежали в нужном направлении и по команде возвращались.

Во второй половине дня, после обеда, Гарднер и ребята отряда мастерили узкий загон длиной в полсотни метров. Собственно загон представлял собой забор высотой в метр. Собак запускали туда по десяткам и пускали их вслед за лидерами. Не все собаки сразу поняли, что нужно еще возвращаться обратно, так что пришлось их гнать назад палками. На следующей неделе Гарднер запускал по 2 и по 3 десятка в загон. Каждый раз, когда они начинали бежать, рядом с ними производили выстрелы. Собаки уже привыкли, что каждый день выстрелы звучали прямо около их вольеров, а порой в вольеры кидали петарды. И все-таки, поначалу они сбивались.

Прошло полтора месяца, прежде чем они рискнули делать тоже самое без загона. Первые пять раз собаки бежали на поводках в сопровождение людей по линии, которую пометили рыбьим жиром. После этого собаки самостоятельно бежали по этому запаху.

Через месяц в лагерь приехал Эрл. Этот человек - командир отряда штурмовиков - подавлял всем своим видом еще издали.

Его плечи были шире головы больше чем в два раза, кисти - огромные, огромные локти были обернуты мощными. Похожими на виноградную лозу сухожилиями, а под бронзовой кожей вздувались вены размером с шланг.

Ноги его были отнюдь не худыми, но походка отличалась легкостью. Казалось, что он мог ходить, не касаясь земли. Ни одна ветка не хрустнула у него под ногами, обутыми в кеды.

- Имею честь представить, - обратился к нему Немировски и указал на Эдди. - Лейтенант Гарднер, и полевой командир Эрл.

- Старший сержант, - поправил его Эдди.

- Когда я был официально жив, вы были лейтенантом, так все и останется.

Немаленькая рука Гарднера утонула в кисти Эрла. Гарднер отметил про себя, что небольшой рост Эрла - всего 175 см - не умаляет его внушительности.

- Прошу посмотреть, чему Гарднер выучил своих собак.

 Посмотрев тренировки, Эрл спросил:

-Это все, что нужно?

- Мне нужна еще неделя. Нужно закрепить у собак рефлексы.

- Это много. Уже конец июля.

- Тем не менее, мне необходима неделя.

- Тогда сегодня я забираю вас в наш лагерь, там и скоординируем действия. Пора уже представить вас Этьене, да и кое-какое оружие для своих ребят получите.

- О'кей, только возьму с собой ординарца.

- Нет проблем.

Ординарец Саня Прохладов был одним из самых смышленых в отряде. Еще совсем молодой, он неплохо показал себя во время учений, да и вообще интересовался всем, что оказывалось в его поле зрения. Гарднера он понимал, когда тот разговаривал медленно. Так что Эдди брал его повсюду с собой.

Глава 20. Лагерь смертных

Головной лагерь находился не так уж далеко - всего в 10 км от "школы камикадзе". Это оказался лагерь в самом классическом смысле этого слова. В пять рядов стояли 25 палаток на 20 человек каждая. Сделаны они были из четырехцветной непромокаемой материи. 4 полевые кухни обслуживали батальон партизан. За палатками люди отрабатывали приемы передвижения в бою.

Отдельно от остальных стояли две палатки больших размеров - в одной разместились женщины, а в другой - штаб.

Из женского шатра вышла очень красивая и стройная девушка. Сильные, уверенные движения, правильные черты лица, каштановые волосы, уложенные в короткую, но обворожительную прическу. Она не использовала косметики, но рот, нос, глаза и подбородок были и так четко вырезаны.

Она направилась прямо к джипу Эрла.

- Готовьтесь, - произнес Эрл Гарднеру. - Сейчас вам предстоит небольшое сражение. Привет, сестренка! - крикнул он женщине. - Уже все собрались или еще кто-то возится с косметичкой?

Женщина подошла к машине и уперлась глазами в Гарднера.

- Это вы тот живодер?

- Miss, я не живодер, я кинолог.

- Ха, кинолог, который знает, как убивать собак.

- Нет, я знаю, как спасать людей.

- А если бы вас послали на мины?

- Меня уже один раз посылали, - Гарднер постучал себя ножом по левой голени, издавшей глухой стук.

- И теперь вы отыгрываетесь на собаках?

- Miss, surely you know what or who is a Fortune... i think you have been meting her more than once. You know, that every creature have it's own destiny. Ask Fortune and you'll get an answer that should die today never escape its fortune.

- I know Fortune very well, Mr.

- I suppose. And we shall have an opportunity and ask her to resolve our discussion today.

- No, she didn't join us. Therefore you would meet her after your death. May be.[2]

- Сестренка, – обратился к Диане Эрл. –Я тебе скажу несколько слов в штабе, чтобы ты потом не упрекнула меня в том, что я выношу ссор из избы.

Артемида пронзила их обоих ненавидящим взгядом и удалилась.

- Примите к сведению, обратился он к Гарднеру. - у вас здесь не только доброжелатели. Но, по крайней мере, те, кто командует, не дадут вас в обиду. А насчет Артемиды - у нее просто особое отношение к животным.

- Я знаю, у меня такое же.

Эрл рассмеялся и хлопнул Гарднера о плечу.

"Что ж, можно будет на старости похвастать перед внуками, что выдержал удар Геркулеса", подумал Гарднер.

- Алекс, - обратился он к своему ординарцу. - Пойди за казармы, попробуй навести контакт с бойцами. Нам придется на днях вместе с

---

[2] Мисс, вы, наверняка, знаете кто или что такое Фортуна. Я думаю, вы встречались с ней не однажды. Вы знаете, что у каждого существа есть своя судьба. Спросите Фортуну, и получите ответ, что если кому-то суждено умереть сегодня, то он никогда не избежит своей судьбы.

- Мне очень хорошо известно, мистер, что такое Фортуна.
- Ну, я полагаю... И у нас будет возможность сегодня же попросить ее разрешить наш спор.
- Нет, она не присоединилась к нам. Поэтому вы встретитесь с ней только после смерти. Может быть.

ними участвовать в одном и том же деле. Так что не выпячивай себя. Спрашивай мало, отвечай кратко. Уяснил?

Парня как ветром сдуло с джипа.

На совете были разработаны действия для каждого подразделения. В начале операции нужно будет сразу снять охрану на трех вышках, чтобы дать собакам время подбежать, как можно ближе. Спустя 2 минуты должен был последовать залп из 4-х стингеров, начиненных обедненным ураном, чтобы пробить достаточную пробоину в стене тюрьмы.

Сразу за залпом к стене помчатся собаки.

- Здесь не должно быть ошибок, - строго предупредила Этьен. - Возможная погрешность при попадании - 1-2 метра. Не больше. Как собаки поймут, куда бежать?

- Тут уже все продумано, - встал Гарднер. - Есть у нас в отряде один парень, который сможет пролежать, если надо, сутки в маскировочном костюме. После взрывов он пустит в брешь арбалетный болт, к которой будет привязан трос, пропитанный рыбьим жиром.

- Хорошо. Начало операции - в 17 часов.

- Не рановато ли? В августе стемнеет только в 22 часа, - возразил Эрл.

- Да, с этой точки зрения время не очень удачное. Но нам нужно успеть, пока они работают.

- по режиму лагеря, работа заканчивается в 19 часов, - возразил Арчер.

- А кто даст гарантию, что не произойдет какого-нибудь форс-мажора, и мы пробьем стену к пустому карьеру?

- Но почему бы тогда не устроить взрыв в той стороне, где у них бараки? - предложил Эрл.

- Потому что тогда придется пробивать не одну, а несколько стен. И охраны там больше. Мистер Гарднер, какой коридор безопасности вы можете гарантировать?

- 2 метра.

Все посмотрели на него удивленными глазами. Только Этьен кивнула головой:

- Очень хорошо.

- Ничего хорошего я не вижу, - встал Арчер. - нам говорили, что будет пятиметровая ширина коридора.

- Так оно и будет, - кивнула Этьен. - Только никогда в отношении мин нельзя говорить о стопроцентных гарантиях.

- Совершенно верно, мисс, - сказал гарднер. - Даже эти на 2 метра по военным выкладкам я никак не могу дать больше 80 процентов гарантии. С каждым метром шире этого предела вероятность будет уменьшаться на 10%. Таким образом, в пределах 5-метровой зоны мы имеем минимальный коэффициент вероятности более пятидесяти процентов. Дальше соваться нет смысла.

- А зачем нам эти 2 метра? - спросил Арчер.

-Чтобы по нему смогли пробежать наши люди и выстроить живую цепь - по 50 человек с каждой стороны. Еще 100 бойцов должны вбежать в этот проход. Увидев, что они прошли без потерь, заключенные не побоятся бежать. Да и с внутренней охраной придется разбираться. Как там твоя штурмовая группа? - обратилась она к Эрлу.

- Все в порядке. Люди подготовлены. Судя по всему, нам не придется там долго задерживаться. За пять минут мы справимся.

- По своим огонь не откроют?

- Нет, это наемники, они свое дело знают.

- Отряды прикрытия?

- У нас будет 100 человек, - встал Немировски. - По пятьдесят с каждой стороны. Считаю, что справимся.

- Еще остается сто человек на то, чтобы принять заключенных, рассортировать по статьям, выдать одежду и повести к перевалу. Благодаря задержке с собаками у нас есть еще неделя на отработку сценария. Если не произойдет ничего непредвиденного, то начнем 1 августа. Сбор всех частей - в 15 часов. И прошу никого не опаздывать. Сами убедились, что в местных условиях никто не следит за временем. Особенно это касается частей, сформированных из местного населения. Есть вопросы?

- Да, есть, встал Эрл.

- В чем дело?

- Я бы хотел, чтобы остались ты, Арчер, я и Арти. Разговор пойдет в узком кругу.

- Хорошо. Останьтесь.

- Гарднер, - окликнул Эрл. - Дождитесь меня.

Когда все разошлись, Этьена спросил у Эрла в чем дело.

- Понимаешь, я бы не хотел, чтобы Арти пикировала Гарднера.

- Не беспокойся, я с ним больше не встречусь.

- Я должен быть уверен, что ты не выстрелишь ему в затылок ни завтра, ни послезавтра.

- Ого, это обвинение в подлости?

- Слушай, Арти, я знаю, что тебя легко разозлить. Ты и раньше не отличалась снисходительностью. Стоило Ниобе только намекнуть, что ее дети такие же как и вы с Аполлоном, как ты расстреляла их из лука.

- Тебе это кажется недостаточным?

- Да, мне это кажется недостаточным. В те времена ты могла себе такое позволить, но после отречения я бы не советовал показывать свой гонор.

- Ты что же, учишь меня жить?

- Нет, просто напоминаю тебе, что теперь мы смертные. Пусть и проживем раза в 2-3 дольше чем все остальные, но и нас, каждого, теперь можно убить. Но это не самое плохое.

- А что же?

- То что тебя могут схватить, могут пытать, могут шантажировать нас твоей безопасностью.

- Почему только меня?

- Не только тебя, но ты не считаешься с людьми, поэтому тебя могут предать раньше, чем любого из нас. а божественной силы у нас больше нет.

- У тебя ее и не было никогда.

- Поэтому я знаю людей немного лучше тебя.

- Люди... почему вы так с ними носитесь?

–Не будем в сотый раз заводить один и тот же разговор, - ответил Эрл.

- Отчего же, можно и сказать! - вмешался Арчер.

- Время уйдет! - возразил Эрл.

- Ладно, договоримся мы вдвоем, - вмешалась Этьен. - Эрл, Арчер, можете идти. Я вам даю гарантию, что проблем не будет.

- Не говори от моего имени! - возразила Артемида.

- Я и не говорю от твоего имени. Я только говорю о проблемах. А с тобой мы поговорим наедине.

- Ты думаешь, я не знаю, зачем ты согласилась участвовать во всем этом? - спросила Афина.

- Ну, это вряд ли.

- Так вот, дорогая сестрица, я не возражаю против твоих планов - можешь в течение жизни создавать свой культ, чтобы вернуться после реинкарнации. Это совсем не то, что хотим я и Эрот, но мне все равно. Главное - победа. К тому же, довольно неразумно настраивать против себя тех, кем собираешься повелевать. Теперь тебе следует заслужить своё положение, которое тебе когда-то было даровано от рождения.

- Это всё?

- Нет, не всё. Теперь говори, что тебя не устраивает?

- То, что гибнут животные.

- Мы два года думали, как вскрыть эту чёртову тюрьму. Если у тебя появилась новая альтернативная идея, то даю слово, что я отменю операцию и начну всё сначала.

Артемида задумалась.

- Нет, у меня нет никакой идеи.

- Тебе действительно жаль собак?

После недолгой паузы Диана пожала плечами.

- Честно говоря, нет. Просто стало обидно, что с моим прежним культом не считаются.

Афине хотелось расхохотаться. Но она зала, что так она наживёт врага в собственном лагере. Она серьёзно кивнула.

- Это действительно серьёзно. Но тут есть возможность для укрепления своих позиций.

- Каким образом?

- До того дня, как была озвучена идея, никто толком и не знал о тебе. Сегодня же последний сопляк в лагере знает, что ты обижена из-за того, что приносятся в жертву животные. Если ты будешь на ножах с Гарднером, то все поймут, что ты уязвлена, что дело можно сделать вопреки твоей воле. Если он погибнет, тоже плохо - тебя будут считать мстительной и подлой.

- Что же делать?

- Поезжай с ним, посмотри на собак, прикрой его в бою, а когда мы освободим людей, то просто поприветствуй их. Ты завоюешь любовь. Если ради человека жертвуют чем то дорогим, а потом изредка и ненавязчиво напоминают, то он становится благодарным и податливым. Так что действуй. У тебя получился неплохой PR.

Из палатки Артемида вышла совсем другой.

- Гарднер, вы действительно любите животных?

- Да, мэм.

- Что ж, наверняка вам так же трудно посылать их на смерть как и мне.

- Наверное, хотя, вам наверняка тяжелее.

- Да, вы правы. Но, я понимаю вас, и желаю удачи.

- Спасибо, мэм.

Эрл, наблюдавший за этим, был удивлен.

- Ну что ж, Гарднер, не знаю, что сказала Афина, но теперь вы будете не просто смертным. Вам довелось стать фигурой в игре Артемиды.

Немировски, стоявший рядом, только покачал головой.

- Наше подразделение было успешным только потому, что ни о ком никто ничего не знал. Теперь Эдди вытащили на то поле, на котором он никогда не играл. Нужно как можно быстрее вернуть его в тень.

- Или научить играть на новом поле, - ответил Эрл.

- У меня есть вопрос к Этьен, - сказал Гарднер. - Я могу зайти?

- Да, если это касается дела, то она вас выслушает.

- Что у вас? - спросила Афина.

- Скажите, после того, как все закончится, мне можно будет вернуться в Марсель?

- Думаю, не стоит. Здесь будут шерстить все окрестности, доберутся и до вашего бунгало. Начнут спрашивать, кого видели, с кем общались. Учитывая вашу армейскую специальность, нетрудно будет сложить дважды два.

- И тем не менее, я попробую вернуться.

- Не советую, правда не советую.

- Посмотрим. Нужно еще дожить до послезавтра.

Во дворе уже стоял Джип, полный автоматов калибра 5,45.

- Сможете обучить детей пользоваться этими игрушками?

- Они уже итак умеют это делать.

- Стефан останется у вас в лагере, да и я помогу поработать с ребятами. Основы действия в поле им помогут.

Всю обратную дорогу Александр молчал. Прибыв в питомник, он без охоты взял свой автомат и поперся в казарму.

Гарднер обратил на это внимание, но ему было не до Алекса. Пришлось еще раздать автоматы,. Почистить их, провести первое учение в поле, и наконец, забрать оружие и спрятать под замок.

Ночью Гарднер проследил за Александром. Тот напился с друзьями - по случаю вооружения решили дать всем разрядку. После попойки Алкс пошел к вольеру и вывел оттуда свою собаку - стервозную дворнягу с примесью немецкой овчарки Шейлу.

Алекс сел с ней у забора и начал кормить мясом, взятым в столовой.

- Шейла, дура, ну что ты постоянно смотришь на меня такими глазами? Что, любишь меня? Что, думаешь я тебя спасу? Ты чего выслуживаешься? Ты что, дура, не понимаешь, что я тебя на смерть посылаю?

Шейла лизнула его щеку и тявкнула. Алекс заплакал, потом отпихнул ее.

- Иди ты! Я тебя убивать иду! Понимаешь ты? Убивать!

Он сидел на земле, прислонившись спиной к стене вольера и вытянув ноги. Голова лежала на груди, руки он прижал ко лбу. Шейла, увидев своего хозяина таким, удивилась и подбежала к нему. Ее морда тыкалась ему в лицо, хвост метался из стороны в сторону.

- Да уйди-и-и!.. - заорал парень. - Лечь!

Собака легла.

- Встать! Ко мне!

Собака выполняла все команды.

- Гулять!

Шейла отбежала на пару шагов, но потом снова вернулась и принялась обнюхивать ноги хозяина.

Алекс не выдержал. Он ударил собаку ногой. Псина заскулила.

- Ну, я тебя сейчас!!! Сука! - Алекс передернул затвор автомата.

Гарднер появился ниоткуда. Он вырвал у парня автомат и заехал ему в живот.

Алекс согнулся. Шейла бросилась облаивать Гарднера. Не обращая внимания на укусы, Гарднер схватил ее и бросил обратно в вольер.

- What a fucking deal are you doing?[3]

- Fucking son of bitch! [4]

- Yes, I am. And who are you?[5]

- I'm too.[6]

- That's all right! Two son of beach should be fighting! Let's go![7]

- But you are worse! [8]

Гарднер подал ему руку.

- Go to joint to Artemida. She supposes me an Slaughterer.[9]

---

[3] - Ты что вытворяешь?

[4] - Сволочь!

[5] - Да, я сволочь. А ты кто!

[6] - Тоже...

[7] - Все правильно! Двое сволочей должны драться!

[8] - Но ты - хуже.

[9] - Присоединяйся к Артемиде, она тоже считает меня живодером.

- And who are you? Not this ...[10]

- Slaughterer. [11]

- Yes, you are the killer of animals![12]

- May be. But say about our conversation those people who would escape from prison.[13]

- I hate they.[14]

- Them. You don't know them. But you know me and you know Sheila. Two months ago you didn't care about who am I and what is Sheila. Would she day of plague or not, would she been crashed by car or not. Is this right or not? [15]

-Yes, it's right.[16]

Гарднер собрал все свои знания русского, которого он успел нахвататься в Легионе и подучить в Золандии.

- Понимаешь, ты жальеть Шейла, потому что она для ты кто-то напоминать. Напомнать шеловьек. Да? Я ... I don't know[17] кто... мать, отец, брат, сестра, друг...

- Брат. Он такой же... потешный.... И смешной...

- Патешний?

---

[10] - А кто ты ? Разве ты не жи...

[11] - Жи-во-дер.

[12] - Да, точно, ты убийца животных!

[13] - Может быть. Но расскажи о нашем разговоре тем парням, которые должны сбежать из тюрьмы.

[14] - Я им не знаю.

[15] - Их. Ты их не знаешь. Но ты знаешь меня и Шейлу. Два месяца назад тебе не было дела до того, кто я и что такое Шейла. Умри она от чумы или если бы ее переехал автомобиль - тебе не было бы разницы. Ведь так?

[16] - Да, так.

[17] - Я не знаю...

- Yes, funny, curiouse... [18]

- Патешний... Он вырастать?

- Yes, of course. [19]

- Ти хотеть, чтобы он меняться?

- What do you mean? [20]

- Ти хотеть что он иметь жестокий глаз, тупой морда?

- Нет, не хочу. Конечно, нет!

- Но он такой будьет! Твой брат быть жестокий, похотьливий ублудок! Если ты не менять... If you don't change this damned world! [21]

- Но почему Шейла?

- Все собаки - они одинаковы. Скажи если выбор - твой брат или Шейла. Кто выбирать?

- It's stupid! Tomorrow this good dog will die for a thousand of bustard. [22]

- Эти bustard имели детство и такой же глаза... почему все любить детей и никто не любить болшой человек? Think about it!

Алекс отправился в казарму.

- Hey! Don't offend the dog! This is the last dais of its on the earth. Let she live peacefully! [23]

---

[18] -Да, смешной, забавный.
[19] -Да, конечно
[20] -Что ты имеешь в виду?
[21] -Если ты не изменишь тот чертов мир.
[22] -Это глупо! Завтра эта зорошая собака сдохнет за тысячу ублюдков!
[23] -Эй! И не обижай собаку! Это ее последние дни на земле! Пусть она проживет их в мире.

Глава 21. Новые перспективы

Перелом ноги, полгода без тренировок. Набрал вес, начал курить. Женился. Не так, чтобы очень хотелось, но родители настояли.

И что дальше? Первый ребенок - нужно кормить. В полицию Ращ шел неохотно. В его краях была более престижной принадлежность противоположному, криминальному миру. Но и там Ращ не был своим.

В спецназе он долго не продержался. Нервы были никуда негодные, и он затеял драку с начальником отряда из-за пустяка. Перевели в службу исполнения наказаний.

Появился второй ребенок. Приходилось мотаться между службой и работой на садовом участке. Жена не столько поддерживала, сколько давила на него: машина старой марки, нет украшений, как у Мадины, жилье в непрестижном районе.

"Ты не мужчина! Ты баба! Чемпион Евразии! Можно подумать! Лучше бы учился или деньги зарабатывал! Мозги тебе на этом боксе вышибли и больше ничего!"

Единственное что грело душу - это дети. Он хотел из сына сделать чемпиона. Он бы сам обучил его. Всем хитростям, всем уловкам... И без выматывающих тренировок в секции.

На свежем воздухе, в горах! Парень сможет и в институт поступить и чемпионом стать!

"Вот тебе тренировки!" жена сложила пальцы в кукиш. "Не для того я тебе детей рожала, чтобы ты им тоже мозги отшиб!" не особо она горела и тем, чтобы дети пошли в институт.

"пусть лучше торговлей займутся! Писать и считать умеют - вполне хватит!"

Вот тут он ее впервые ударил. Не тяжело, но злобно. Рухнув на пол, она одумалась и заскулила:

- Все, все! Не надо! Все будет так, как ты скажешь!

Он больше ее не бил. Но она весь вечер лебезила перед ним.

А на выходные к ним приехали все ее братья, дяди, тетки. Кое-как они завалили Раща и неплохо его избили.

- Ты если еще раз на нее руку поднимешь, со свету сживем. Как мать захочет, пусть так и воспитывает. А ты - дурак! Не смог свою жизнь устроить, та слушай, что тебе жена говорит.

Два года Ращ был в депресняке. Он стал почти роботом. Работа, дом, огород, кабак... Жили они странно: он не ночевал дома, она тоже. Но если ему было наплевать на ее похождения, то она ревновала его к каждой юбке.

Однажды он возмутился:

- Слушай, направо-налево ходишь, а от меня что хочешь?

- Я хожу!? Да как твой поганый язык повернулся! Да честнее меня не было женщины! Вы слышали? нет, а? Это же надо! Да чтоб язык твой поганый отсох!

- Я одного не пойму, - спрашивал он в баре у своего старого тренера. - Что ей от меня нужно?

- Что нужно? Твои деньги и твое имя. Она же ни хера делать не умеет. Висит у тебя на шее как камень. А ты тоже хорош! Тебя что, торкает эта твоя работа на вышке? Сидишь там, как кукушка в часах.

- Да нет, не торкает.

- Ладно, лучше приходи ко мне в зал. Денег поменьше, зато работа в кайф.

Даур Саманба не был особым приверженцем отрекшихся. Ему просто было в кайф ходить с ними по лесам, ничего не делать и охотиться. В городе он слыл довольно скользким парнем. Ни разу он не влез в драку один на один, всегда приводил с собой кодлу. Развести малышню на 10-20 империалов он был мастер. Порой он промышлял и квартирными кражами: стоял на стреме, помогал выносить вещи, форточничал.

В 20 лет у него еще не было женщины. Вернее было, но это так - хоровое перние, когда одна особь шла по кругу.

С отрекшимися он сошелся на охоте. Те обратили внимание на его снайперскуйю стрельбу. Сосед по подъезду уговорил взять Даура в отряд. Будучи наивным, он уговаривал соседа пойти воевать за "правое дело".

Даур быстро смекнул, что здесь можно неплохо поживиться. Можно было по полгода сидеть в горах за чужой счет, патронов и оружия у этих чудиков немеренно, а сбагрить где-нибудь краденый ствол - милое дело.

Тем не менее, все отмечали его какую-то сверхъестественную меткость. Так что снайперскую винтовку, чтобы снять часового, доверили именно ему.

Ращ докурил сигарету на ступеньках вышки и поднялся в кабину.

- Все, братуха, сменяемся, - сказал он напарнику.

Когда тот сполз, Ращ проверил пулемет, поставил его на предохранитель и взгдянул в небо.

"Ё-маё!"- неслось у него в голове. - "Столько свободы, столько жизни! А я живу как в тюрьме! Что на работе, что дома!"

Все, решено! Завтра же он подает на развод. Суд при любом раскладе позволит дважды в неделю посещать детей. Уже классно! И ее в это время рядом не будет. Алименты? Замечательно! 70% останется ему. Не то, что раньше, когда она забирала всю зарплату. Через год он уволится со службы и пойдет работать в спортзал. Так что, виват свобода!

- Внимание. Пошла пересменка охранников! - раздалось в наушниках снайперов.

Ращ достал сигарету и покрутил ее возле уха. Ему хотелось раскурить ее со смаком.

- Внимание, наши позиции готовы!
Даур поднял винтовку и прицелился в 20-кратный оптический прицел.

Ращ взял в рот сигарету, сделал носом вдох поглубже и спокойно выдохнул воздух.

- Готовьсь! - рявкнули наушники.
Даур набрал воздух, но выдыхать не спешил.

Ращ зажег спичку и втянул ароматный дым.

- Целься!
Даур понемногу начал выдыхать воздух.

Ращ задрал голову, раскинул руки и выдохнул дым, медленно поводя головой в разные стороны.
Все, с завтрашнего дня он свободен.

- Пли!
Даур криво усмехнулся.

- Свободен!- крикнул Ращ.
Пуля вошла в горло, перебила шейные позвонки и оборвала мысли.

Глава 22. Побег

Три снайпера уложили трех охранников,

Тут же четыре белые змеи рассекли вечернее небо. Они вгрызлись в стену и взорвались, проделав две дыры у самого основания одной панели. Но стена все-таки осталась на месте.

Тут же из леса, вверх по склону рванула стая собак. Пока они не добежали, в ста метрах от стены участок травы вдруг всколыхнулся. Лежавший еще с ночи парень резко поднялся, сбрасывая маскировочную накидку, и вскинул арбалет. Болт полетел точно в большую по размерам дыру. Парень, не вставая с колен, обернулся к собакам, которые бежал на поводках в сопровождении своих хозяев.

- Ко мне! - крикнул парень.

Десятиметровый строй собак приблизился к нему. Парень выкинул руку вниз к шнуру.

- Вперед!

Поводыри отпустили поводки. Собаки помчались вдоль шнура, пахнущего так знакомым им рыбьим жиром, а люди отбежали от зоны минирования.

Раздались первые взрывы. К зоне уже приближался штурмовой отряд. Люди слышали остервенелый лай, после каждого взрыва переходящий в скулеж.

Собаки теряли ноги. Порой от боли они вертелись и подрывались во второй раз.

Некоторый тела подпрыгивали от взрывных волн и подрывались очередной раз. И все-таки большая часть добежала до стены. Вслед за ними кинулись и люди. Десяток не добежал - подорвались на оставшихся минах.

Гарднер подал сигнал ультразвуковым свистком. Собаки повернули от стен обратно. На этот раз подорвалось всего 20 псов. Часть людей, добежавших до стены, тоже повернула обратно. Они выстроились в два ряда, создавая коридор шириной в пять метров. Только вместо 50 с каждой стороны стояло по 40 человек. Собачники бросились на помощь тем, кто подорвался.

Штурмовую группу, оставшуюся под стеной, возглавлял Эрл.

Он подцепил стену в том месте, где зияла дыра от взрыва. Казалось, что мощные мускулы лопнут и порвут кожу вместе с одеждой. Ничуть не бывало! Резкое движение - и стена приподнялась, а потом завалилась внутрь.

Охранники, которые уже успели собраться с другой стороны, вынуждены были отступить. Это дало возможность штурмовикам сориентироваться и открыть огонь первыми.

Фактически, половина тех, кто охранял заключенных на работах, погибла под шквальным огнем.

Некоторых зэков успели предупредить Ахмед и Лагранж. Как только рухнула стена и раздались первые выстрелы, зэки похватали свои кирки и набросились на охранников, ошеломленно смотревших в сторону побоища.

Штурмовой отряд хлынул в зону.

Они добили остатки охраны.

- Все, отходим! - кричали они. - Через минуту те, кто останется здесь, уже не смогут убежать!

Долго уговаривать зэков не пришлось.

Но Лагранж вошел в раж. Надо же было ему нарваться на того самого ментавра, который избивал его в первый день!

- Все, хватит! - подбежал к нему Ахмед. - Я сказал хватит! Он тоже все понял!

Он грубо вырвал кирку у Лагранжа и повел его к выходу.

Здесь штурмовики образовали живой турникет. Они тормозили, толкали, подгоняли зэков, чтобы они сплотились в поток, который смог бы пробежать через пятиметровый коридор.

Половина зэков уже успела выбежать, когда со стороны казарм начали подбегать основные силы ментавров. Штурмовики открыли по ним огонь. Люди-кони оказались не очень готовы для такого ведения боя - им некуда было спрятаться. Кто-то из штурмовиков, оказавшихся, на одной линии с ментаврами, крикнул "Отступаем!" Ментавры ухватились за этот крик, как за спасательную соломинку и действительно бросились назад, вниз по склону. Они врезались на полом скаку в подбегавших людей. Увидев это, Эрл скомандовал:

- Одиночный огонь! Пли! Второй залп - пли!

После этого он поднял руку и согнул кулак. Штурмовики быстро ретировались. Но охранники уже открыли в их сторону огонь, который пришелся по мчащимся навстречу ментаврам.

Тем временем к западу и востоку от коридора отряды прикрытия попали в переделку.

- Эрл! Западная линия прорвана! - послышалось в наушниках. - Через минуту жди гостей!

- Эрл, - вмешался в радиоразговор Гарднер. -У меня есть 30 человек!

- Скажи, чтобы залегли в 20 метрах от потока. Это сопляки!

- Аслан! - крикнул Гарднер.

- Да, - отозвался командир шеренги, которая стояла с зпадной стороны от потока заключенных.

- Снимай своих! Такую же шеренгу через 20 секунд в 50 метрах к западу. Понял?

- Так точно!

- Я же сказал 100! - крикнул Эрл.

- Не успеем... Алекс!

- Да!

- Бери кинологов и становись сразу за Асланом.

Через полминуты люди уже стояли на своих местах.

- Аслан! Твоим людям - лечь и прицелиться. Алекс! Всем кинологам на одно колено, ружья на изготовку!

- Ты сдурел! Молокососов под пули!

- не паникуй, волоса с их головы не упадет!

Через пять минут отряд ментавров выскочил в 100 метрах от линии Аслана.

Кинологи открыл огонь. После первых ответных выстрелов Гарднер скомандовал "лечь! Аслан! Готовся... Огонь!" незамеченные сначала, люди Аслана расстреляли ментавров едва ли не в упор.

- сколько человек осталось в зоне? - спросил Гарднер.

- Вроде бы все, - ответил Эрл.

- Нормально! В 10 минут уложились!

- Все, отходим!

Уже на выходе штурмовики закидали гранатами преследователей и подорвали пакеты с дымовой завесой.

 На выходе Эрл встретил Гарднера. Ну, вроде бы все? - спросил он.

- Да, - ответил Эрл и оглянулся. В 10 метрах от себя он увидел тело татарина. Шальная пуля пробила затылок.

Он подошел и взвалил тело на плечи.

- Это был наш связной в тюрьме.

- Сочувствую, - отозвался Гарднер.

- пошли, похороним его. Всем остальным - в лагерь. Собираться, сниматься, выдвигаться. Через час здесь будут войска. До моего возвращения - всем под командование Паллады.

Они пошли в лес искать подходящую поляну. За деревом Гарднер увидел знакомую фигуру. Он едва успел ударить ногой по автомату.

Очередь ушла в небо, вместо подбородка, куда хотел всадить себе пулю Алекс.

Гарднер дал пощечину. Ноль реакции. Еще одна. Он почти избил парня когда, тот, наконец, поднял руки для защиты.

- Ты что... вытворять!

- Шейла не вернулась.

- Ты - гниль!

Он развернул Алекса за плечи, больно дернул за волосы, чтобы поднять его голову вверх .

- Look at! This man has lost his friend! Not just a friend, the hero one! There are a half hundred such people! [24]

- Смерть, - выдохнул Алекс. - Кругом одна смерть!

- Ты дуг'ак! Идиот! Кругом есть жизнь! А жизнь - это есть хороший штука!

- Да, - тихо сказал Эрл. - Даже через 2 тысячи лет - это самая лучшая штука на свете.

Он оглядел место и положил труп.

- У тебя есть лопата? - обернулся он к Гарднеру.

Тот отстегнул саперную лопату с ремня. Через полчаса при помощи лопаты и штык-ножа они закопали Ахмеда.

Он оглядел место и положил труп.

- У тебя есть лопата? - обернулся он к Гарднеру.

Тот отстегнул саперную лопату с ремня. Через полчаса при помощи лопаты и штык-ножа они закопали Ахмеда.

Гарднер достал флягу со спиртом.

- Мир ему.

Когда после Эрла отпил и Алекс, Гарднер толкнул его под локоть.

---

[24] - Смотри! Этот человек потерял друга! Не просто друга - героя! Там полсотни таких же людей!

- Смотри, пришел твой сокровищ...

Действительно, к ним подбежала черная собака с белой грудью.

- Шейла! - Алекс бросился к ней. Собака испуганно отбежала. Алекс все равно преследовал ее.

- Вот дурень, - обратился Гарднер к Эрлу. - Сколько я его ни учил не бежать в сторону собаки – как об стену горох.

Алекс прибежал расстроенный.

- Убежала, - удивленно сказал он.

- Нье оцьенила...

- Видимо, нашла другого кавалера, - кивнул Эрл. - Ладно, пошли, есть у меня в хлеву одна козочка, - он наигранно вздохнул. - Для себя берег, но по такому случаю...

Гарднер достал флягу со спиртом.

- Мир ему.

Когда после Эрла отпил и Алекс, Гарднер толкнул его под локоть.

- Смотри, пришел твой сокровищ...

Действительно, к ним подбежала черная собака с белой грудью.

- Шейла! - Алекс бросился к ней. Собака испуганно отбежала. Алекс все равно преследовал ее.

- Вот дурень, - обратился Гарднер к Эрлу. - Сколько я его ни учил не бежать в сторону собаки – как об стену горох.

Алекс прибежал расстроенный.

- Убежала, - удивленно сказал он.

- Нье оцьенила...

- Видимо, нашла другого кавалера, - кивнул Эрл. - Ладно, пошли, есть у меня в хлеву одна козочка, - он наигранно вздохнул. - Для себя берег, но по такому случаю...

СОДЕРЖАНИЕ

Lightning Source UK Ltd.
Milton Keynes UK
UKHW010632250321
380972UK00001B/70